胎内くぐりの妖怪
犬村大角礼儀
小字角太郎
スダマ
角太郎が実母
一角が後妻

【図説】

江戸のエンタメ

小説本の世界

深光富士男

河出書房新社

目次

江戸時代中期以降の大衆小説は、「文＋挿絵のセット」が基本だった

現在、大人向けの単行本として発行されている小説の大半は作家の文のみで、内容に即した挿絵は入っていない。ビジュアル要素は、装丁のみといってもよいだろう。

ところが江戸時代中期から刊行された大衆小説の大半は、「絵入り小説」だった。大人向けであっても複数の挿絵を入れており、「文＋挿絵のセット」を基本としていたのである。

本書は、当時の小説に欠かせなかった挿絵にこだわり、「江戸時代の絵入りエンタメ小説」の傑作を紹介していきたい。

さて、挿絵にこだわるとはいえ、江戸時代に刊行された小説は膨大な数に上る。本書を編む準備段階に入ったとき、あらためて全ジャンルを俯瞰。挿絵のレベルやインパクトに重点を置きながら、候補とすべきジャンルと作品を選択していった。しかし、これら一連の作業は思いのほか難航。版本小説の海は広かった。

作品数の多さもさることながら、長編作、大長編作がやたらと多いのである。1作ずつ頁をめくっていくだけで膨大な時間を要することになった。なかにはトータルで数千頁にも及ぶ作品もある。えらいところに足を踏み入れたものだと、日々頭をかかえてはため息をついた。ともかく1作でも多く魅力的な候補作に出会おうと、版本小説の大海原に飛び込んでは目を通していった。

その甲斐あってか（と思いたいが）、柱とすべき4ジャンルと掲載作が浮かび上がってきた。以下、読本《よみほん》、黄表紙、合巻《ごうかん》、人情本の4ジャンルを発生の古い順に並べて、章立てと最終ラインナップ決定までの経緯を記してみよう。

◉読本

読本は、文章を主とした「読むための本」である。挿絵は主に見開き頁を使い、本文の合間に差し込まれる。

嚆矢とされる読本は、1749（寛延2）年に上方で刊行された『英草紙《はなぶさぞうし》』である。この作品は、大坂の知識人・都賀庭鐘《つがていしょう》が書いた濃密な短編集。本書の掲載リストからは外せない。上田秋成の『雨月物語』も、やはり大傑作である。挿絵も両作悪くない。

上方で出版された前期読本と称されるこの頃の作品は、「俗」より「雅」を優先。洗練された物語が堪能できる。美文に合わせたのだろうか、前期読本の挿絵には、どこか品の良さが漂う。ただし本書のはじめに前期読本の挿絵をもってくると上品過ぎてエンタメ色が薄れ、どうにも座りが悪い。

江戸で出版され、隆盛を極めた後期読本の方は、俄然エンタメ色が濃くなる。「俗」の割合がぐんと増え、より大衆色を強めるのである。高尚な短編は影を潜め、血湧き肉躍る複雑な物語が展開する長編作が主流となる。曲亭馬琴がこの分野でのし上がり、黄金時代を迎える。

後期読本は、インパクトの強い挿絵の宝庫である。文＋挿絵の利点を存分に生かした「非日常へ誘う劇画つきエンタメ小説」とでもいおうか。挿絵は、有名な浮世絵師の力作が一気に増える。

文と絵の両輪が見事に高速回転し、読者を熱狂させた読本として浮上した作品が、馬琴作の『椿説弓張月《ちんせつゆみはりづき》』と『南総里見八犬伝』だった。「なんだ馬琴の代表作じゃないか」と一笑に付されそうだが、当時の版本で完読した人は少ないのではないか。

この2作は重量級の読み応えがある。無骨ながら挿絵の下絵を描き、担当絵師への

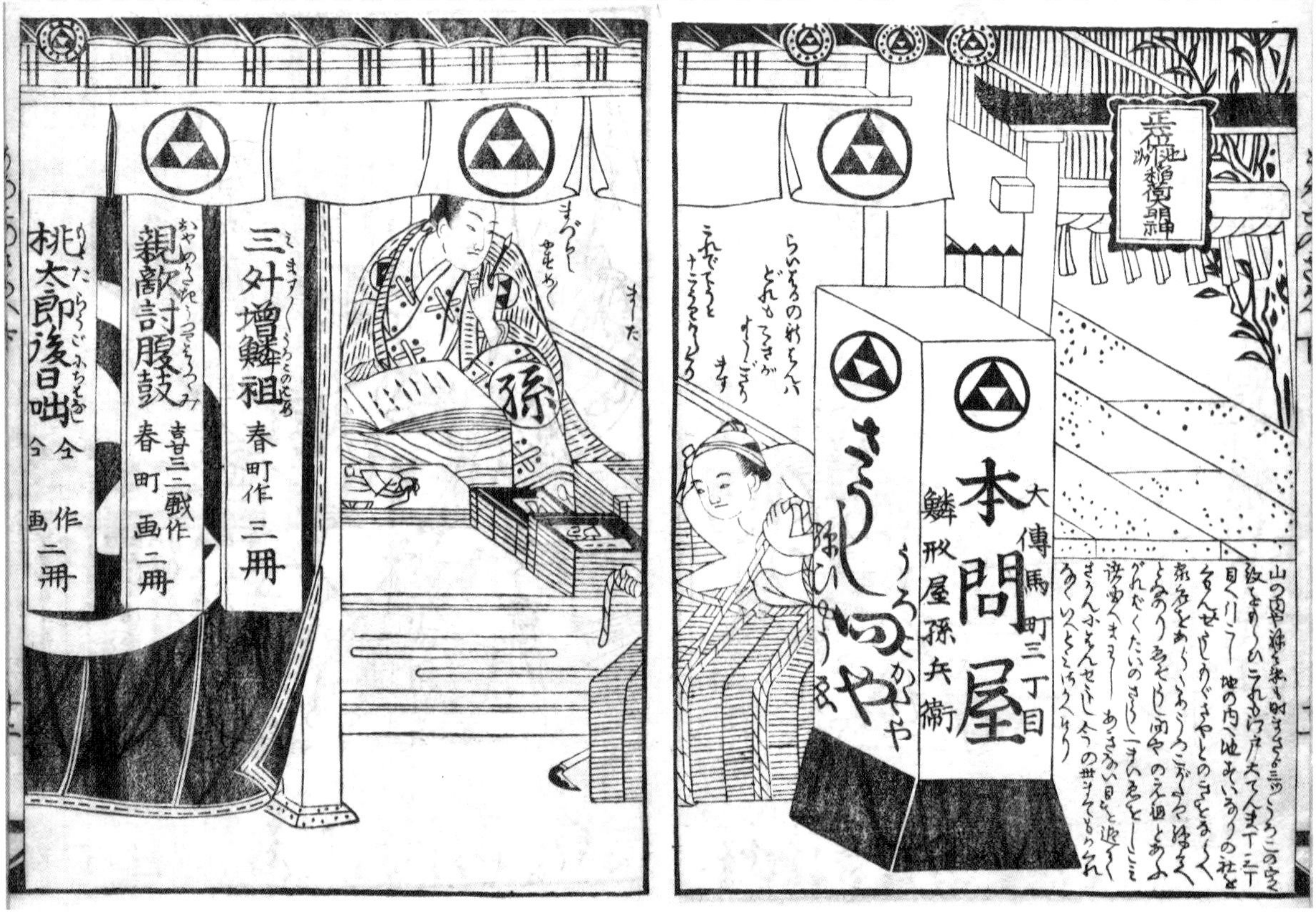

1777（安永6）年に刊行された黄表紙『三升増《みますます》鱗祖《うろこのはじめ》』より。作・画とも武士の恋川春町。上の見開きには、この本の板元である老舗の地本問屋・鱗《うろこ》形《がた》屋孫兵衛の店先が描かれている。「地本」とは「江戸で出版された本」のこと。店の宣伝を兼ねた異色作で、孫兵衛が江戸に店を構えて成功するまでを話の柱としている。右は、高禄で栄えている家に孫兵衛が呼ばれたときの様子。持参した本を、奥方や女中たちが雑談しながら嬉しそうに手に取っている。

細かい指示にもこだわりを見せた堅物の馬琴は、本文でも複雑に張り巡らせた伏線を放り投げず、執念の如く回収していく。この2作は、「文＋挿絵」の完成形を示したといえる。

本書トップを飾る第1章は、『椿説弓張月』のみでまとめることにした。そして続く第2章も、馬琴作『南総里見八犬伝』のみで通してみようと腹を決めた。この2作だけで遠慮なく頁を確保し、作品と挿絵の魅力をできるだけ伝えたいと考えた。

ただし両作とも長編なので挿絵の数が多く、掲載画の選択に苦慮した。とくに葛飾北斎が筆を振るった『椿説弓張月』の挿絵は、どれもただならぬパワーを発していて見るたびに打ちのめされた。

当初はアクの強い北斎の絵は抑えめにしておこうと思っていたが、挿絵の方が許さない。「北斎恐るべし！」と唸るしかなかったのである。挿絵は小説の添え物などと決してあなどるなかれ。北斎の挿絵は心技ともに充実していて、常にほかの絵師の先を走った。結局のところ、本書では北斎画の読本を4作選ぶこととなった。

そして第3章を読本の歴史とし、前期読本の4作と後期読本の4作を選び出し、成立年順に並べることにした。

◉黄表紙

黄表紙と、次に紹介する合巻は、草双紙（104〜105頁で解説）のカテゴリーに入る。黄表紙は、第5章の「江戸時代の絵入り小説変遷史」のなかで紹介することにした。

子ども向けの赤本からはじまった草双紙は、見開きの絵の隙間に文が入り込む。大人向けの草双紙として登場した黄表紙は、小説というよりマンガに近いともいえる。

嚆矢となった『金々先生栄花夢《えいがのゆめ》』は、文、絵ともに武士である恋川春町が著し、江戸で1775（安永4）年に刊行された。この重要作は外せない。

黄表紙の初期は、「知的風刺マンガ」といえるような「穿《うが》ち」の方向性が受けて流行した。しかし文化において心地よい追い風が吹いていた田沼意次の時代が終わると、松平定信による寛政の改革が嵐のごとく吹き荒れる。黄表紙はすぐさま目を付けられ、武家作家は弾圧を受けて書けなくなる。時の政治と、常に新味を求める世情は、文学の潮流を容赦なく変える。

黄表紙界は、知恵者である町人作家・山東京伝の出番となり、「エンタメ教訓マンガ」などといった内容に方向転換する。

その流れを如実に感じてもらえるように、第5章で『金々先生栄花夢』を含めて5作並べることにした。

黄表紙の絵はどれも明朗快活な印象を放つが、ひねりを効かせた大人向けの物語が展開して味わい深い。とくに初期の毒を孕んだ風刺色は、知的で危うい笑いを誘い、一読の価値がある。

◉合巻

黄表紙の後に流行した草双紙が合巻である。長編読本人気の影響を受け、黄表紙も長編化が進むと、必然的に巻数が増えていった。ならば数冊綴じて売ろうという板元の戦略的発想から合巻がはじまった。

「合わせる巻」からネーミングされた合巻は、「コマ割りのないコミック風エンタメ小説」といえそうだ。当たれば何巻でも増やしていこうという板元の目論見は、巻数が多くなりがちな今のコミック業界にも通じる。長編読本と並びエンタメ小説として人気を博した合巻は、第4章で紹介することにした。

一世を風靡した大長編ヒット作『偐紫《にせむらさき》田舎源氏《いなかげんじ》』は外しようがない。作・柳亭種彦、画・歌川国貞の相性の良さが感じられる大傑作だ。『源氏物語』をもとにした創作ながらアイドル的人気を誇った足利光氏《みつうじ》と美女たちの話を、12頁にわたって紹介したい。合巻はこの作品のほか2作を選んだ。

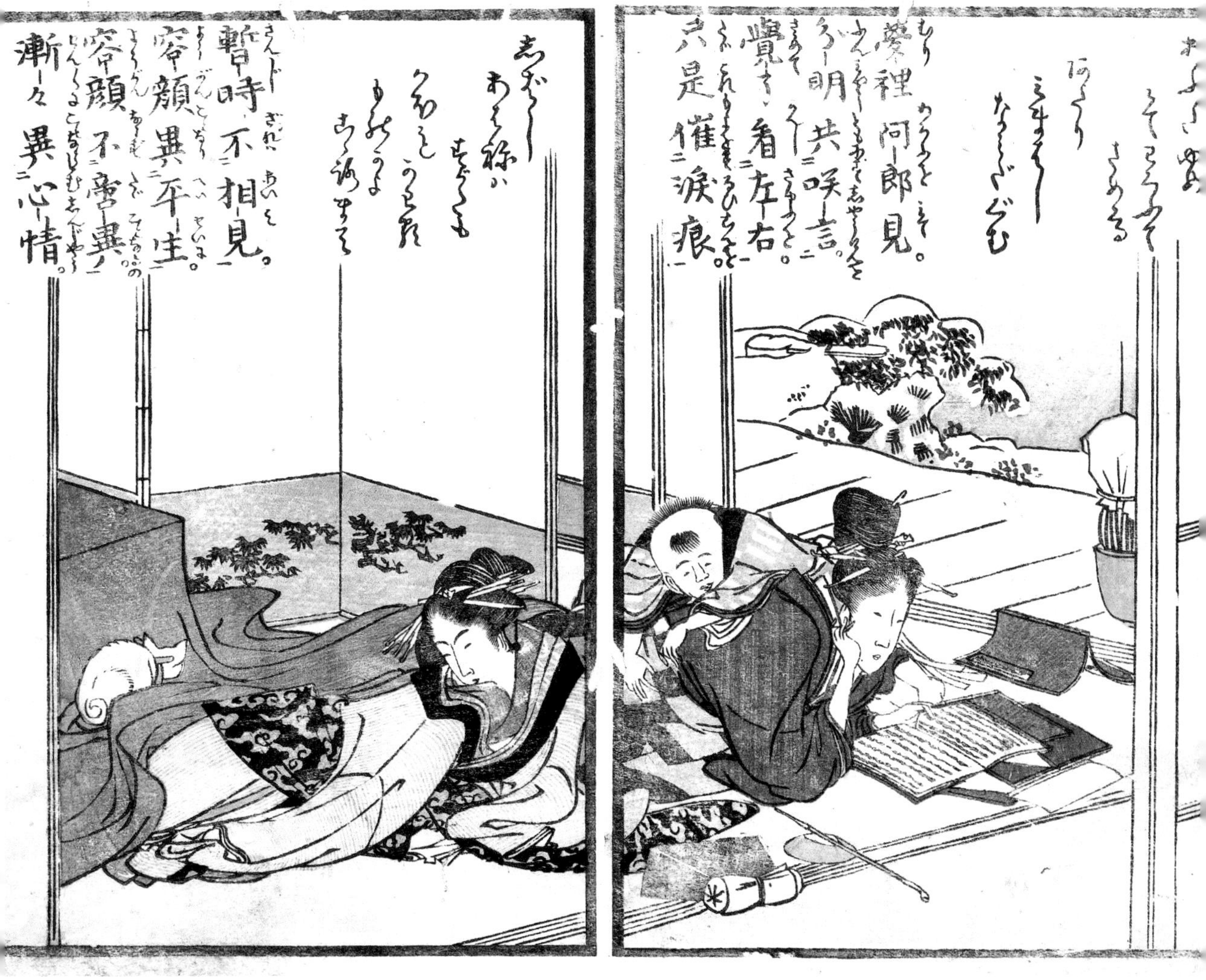

葛飾北斎が挿絵を描いた多色摺の狂歌絵本『潮来絶句集《いたこぜつくしゅう》（風雅體《ふうがてい》）』より。著者は富士唐麻呂《ふじのからまろ》で、1802（享和2）年に刊行された。庭に雪が積もった冬の寒い日に、厚着をした女性が炬燵に入って読書を楽しんでいる。脇には、広げた頁をそのまま裏返しにして置かれた本も見える。くつろぐ女性の背中には子供が乗り、無邪気に遊んでいる。

◉人情本

文を主とした人情本の時代は一気に下る。人情本をひとことでいうなら、「色男に美女たちが絡む、リアルな日常の恋愛小説」であろうか。女性読者を多く獲得した。

1832（天保3）年に『春色梅児誉美《しゅんしょくうめごよみ》』の初編と2編が刊行されると大評判になった。第5章の最後に主人公・丹次郎の色男ぶりを紹介して本書を締めくくりたい。

作者の為永春水は、人情本の第一人者となって量産。流行作家として活躍したが、天保の改革で筆禍を受け、傷心のまま病没した。この春水に至るまで、筆禍を受けた作家のなんと多いことか。本書では、その恐ろしさにも触れる。馬琴は仲間がやられるたびに分析し、危ない橋を渡らないように心掛けて生涯筆禍を免れた。

第1章

読本《よみほん》『椿説弓張月《ちんせつゆみはりづき》』をひもとく

『椿説弓張月』は、『南総里見八犬伝』と並ぶ
曲亭馬琴の代表的な読本である。
主人公は、強弓で知られる大男の鎮西《ちんぜい》八郎源為朝《ためとも》。
保元の乱で敗れ、伊豆大島に流刑となり、
自害したと伝えられているが、
馬琴は史実と虚構を綯《な》い交ぜにして、
為朝を琉球にまで渡らせ、ヒーローに祭り上げ、
壮大な漂泊ロマン巨編として構築。
憎々しいヒール、疑うことを知らない善人、
タイプの違う複数の美女、聡明な美少年、
大蛇や獣、亡霊などを繰り出し、
勧善懲悪のストーリーをスピーディーに展開してみせた。
読本はテキストのみではない。
数見開きごとに差し込まれたワイドな挿絵は、
浮世絵師が腕を振るう読本の「もうひとつの柱」である。
本作では、葛飾北斎が馬琴と強力タッグを組み、
劇画のルーツとも思える濃密な墨線で、
すべての挿絵を描いた。

人物紹介の頁に描かれた源為朝。伊豆大島に流された為朝は、すぐさま大島を平定して島々を巡察。男《お》の嶋《しま》では、島民が遊び心から為朝の強弓を引かせてもらう。無邪気に応じる為朝の凜々しさと優しさが見て取れる。

馬琴が仕掛ける波乱の連鎖と回収されていく伏線の妙。北斎の挿絵も絶品

『椿説弓張月《ちんせつゆみはりづき》』

曲亭馬琴・作　葛飾北斎・画

絵の中に文が入り込む草双紙に対し、読本は文を読むことを主体とした小説である。とはいえ数見開きごとに大きな挿絵（ワイドな見開き絵が基本）が入るので、浮世絵師が描いた物語絵を鑑賞する楽しみも兼ね備えている。

『椿説弓張月』は曲亭馬琴が『南総里見八犬伝』より前に著した読本だ。前編、後編、続編、拾遺、残編の5編29冊が1807（文化4）年から1811（文化8）年にかけて刊行された。刊行開始後、好評に気をよくした馬琴の筆が走り、当初の予定より長大化していったが、破綻なく完成度の高い小説となった。博学で知られ、文芸色の強い読本の執筆を最も好んだ馬琴自身も、のちに本作を成功作だったと述懐している。

物語の主人公は平安末期の武将・源為朝。源為義の八男で、長男は義朝（頼朝、義経の父）である。為朝は幼少より弓術に長け、豪放な性格の大男に育ったが、13歳のとき父為義の怒りに触れ、京都から九州に追われた。九州では各地に勢力を伸ばし鎮西八郎と称したが、朝廷の命に背いたことにより、父為義は検非違使の職を解任されてしまう。

為朝は兵を率いて上洛。1156（保元元）年の保元の乱では、崇徳上皇方の父とともに奮戦したが、敢え無く敗北を喫する。勝利したのは、兄の義朝、平清盛がついた後白河天皇方であった。父為義は処刑され、崇徳上皇は讃岐国に配流となり、為朝も伊豆大島に流された。その後為朝は、伊豆七島に勢力を張ったものの工藤茂光の追討を受けて32歳の若さで自害した。為朝の無念さが滲むここまでの話が、史実として今日まで伝わる。

しかし為朝は自害せず、琉球に渡って活躍した……などの英雄伝説も流布している。伝説といえば、兄義朝の子義経もその多さで知られる。義経も藤原泰衡に攻められ32歳の若さで自害したが、生き延びてモンゴル帝国の創建者・チンギス・ハーンとなり大活躍したという壮大な話が今日まで伝わる。

ロマンを湛えた英雄伝説の側面には、早世した悲劇の武将に生き延びて大成してほしかったと願う民衆の想いが透けてみえる。

曲亭馬琴は源為朝に目をつけ、本作の中で民衆の願いを叶えた。京都育ちの為朝を、九州、伊豆七島、琉球にまで渡らせ、史実と虚構を綯い交ぜにして、波乱万丈の貴種流離譚を構築してみせた。幽界や幻術などの絵空事も含めて、「歴史のif」を大胆に羽ばたかせたのだ。壮大なストーリー展開は、豪傑が他国に渡り内乱を鎮めて国王となる中国の『水滸後伝』の構想を参考にしている。

為朝が行く先々には、極悪人、大蛇、獣、亡霊、善人、美女、美少年などが続々登場する。善と悪を明確にした勧善懲悪物ではあるが、馬琴は波乱の連鎖を巧みに仕掛けて読者を飽きさせない。幾重にも張りめぐらせた伏線も五七調の文体でテンポ良く回収させていく。

挿絵のレベルも高い。葛飾北斎の筆は冴え、物語の要所を見事にビジュアル化した。

琉球での宿敵・矇雲《もううん》の首を掻き落とす為朝。英雄譚のクライマックスといえるが、この後為朝は琉球国王にはならない。国王には誰がなったのか、最後に為朝が選んだ決断とは……。ラストは巨悪討伐のカタルシスと哀愁の余韻を残す。

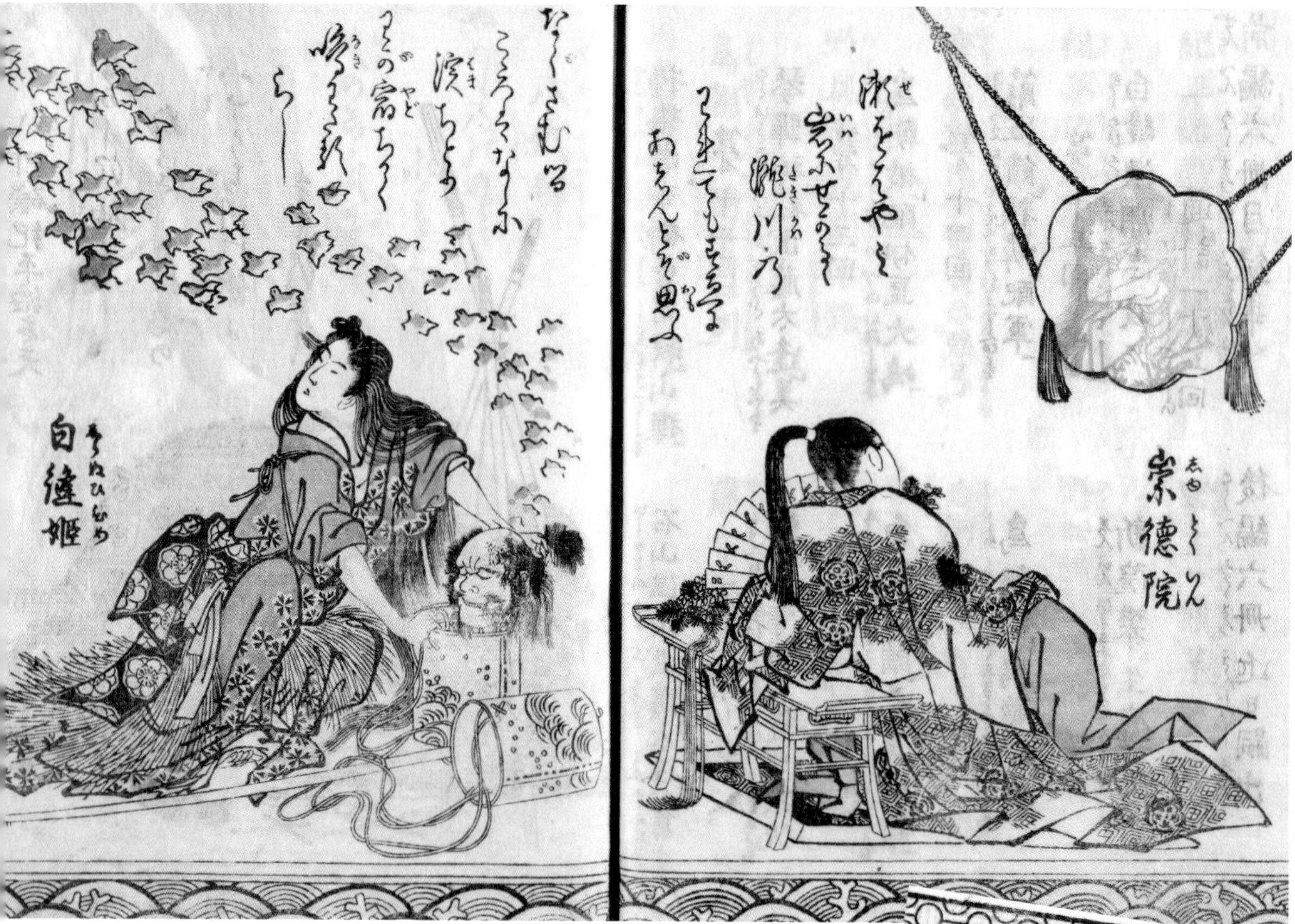

キャラが際立つ人物紹介の頁

読本は、前期読本と後期読本に分けられる。前期読本は短編小説集に傑作が生まれ、後期読本は長編小説が主流となる（第3章で、読本の変遷と傑作選を紹介）。本作は、後期読本に属する長編小説である。

長編は内容が複雑で、登場人物が多い。そこで、読者の混乱を避けるため、巻頭（口絵）で登場人物を見せて紹介しておこうと戯作者の山東京伝は思い立った。最初に試みた作品は『忠臣水滸伝』（64頁で紹介）。この作品は、ほかにも工夫がみられ、以降の読本に定型として取り入れられていく。なので読本の本流を変えた『忠臣水滸伝』以降の読本を、後期読本と呼ぶようになったのだ。

馬琴は、この京伝作品を評価している。登場人物の紹介頁も自作に取り入れた。挿絵担当の北斎は、魅力的なキャラを描き、一幅の絵としても鑑賞できる口絵に仕上げた。デザイン性に富む飾り罫にいたるまで、筆の線には神経が行き届いている。

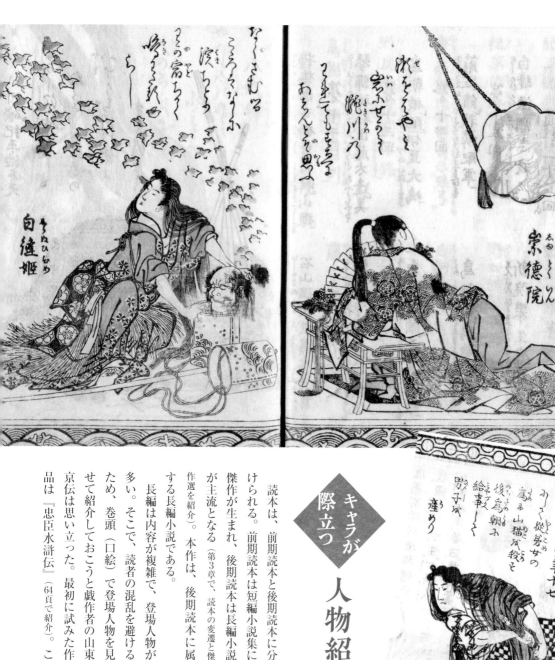

王妃中婦君
人心生一念天地
悉知善悪若無
報乾坤必有私

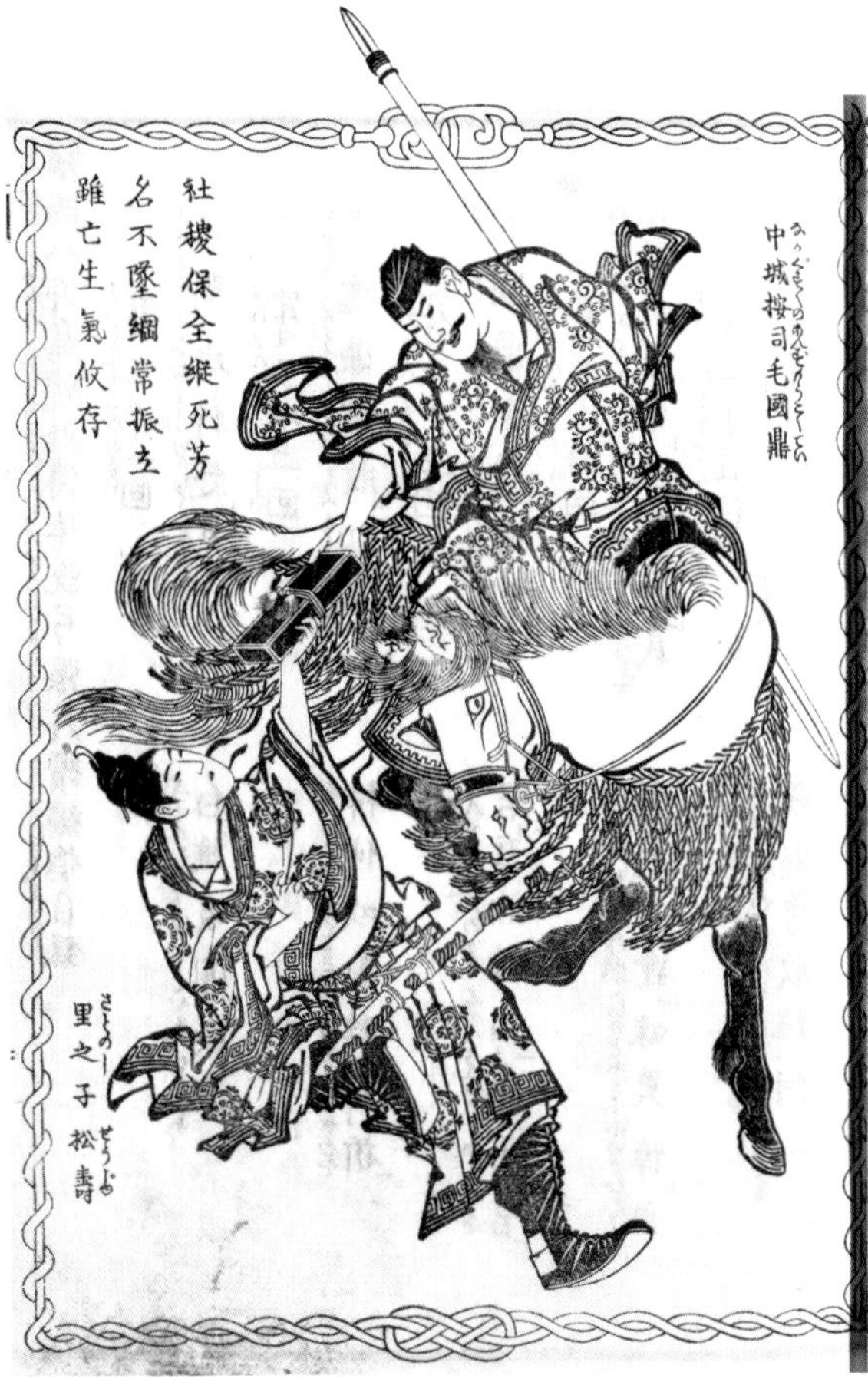
中城按司毛國鼎
社稷保全縦死芳
名不墜綱常振立
雖亡生氣依存
里之子松壽

海上鶤飛
童結子
月中丹桂
又生枝
舜天王源尊敦

孝子鶴
昨夜梁
園雪弟
寒兄不
在庭前
看玉樹
腸断憶
連枝
孝子龜

木綿山《ゆふやま》に雷公《いかづち》 重季《しげすゑ》を撃《うつ》

為朝は、従者の須藤重季《すとうしげすえ》、狼の山雄《やまお》と共に木綿山深くに分け入る。すると突然、山雄が吠え出すではないか。重季は、野生に戻ったのかと山雄の首をはねる。山雄の首は鮮血を滴らせながら飛び、蟒蛇《うわばみ》の喉笛に噛みついた。山雄は危機を知らせるため吠えていたのだ。ふたりが慚愧の念にかられていると、俄に雲がわき起こり、電光が閃く。重季は蟒蛇から珠《たま》を取り出そうとするが、雷公《いかづち》(雷)の直撃を受けてしまう。為朝は雷公にひょうと矢を放つ。息もつかせぬ展開だ。北斎は、重季に落ちた雷と、為朝が射止めた獣姿の雷公を1画面の中に描き切る。

老候燈《ろうこうどもしび》を滅《めっ》して若葉《わかば》を殺《ころ》す

白縫（右上）は猿を飼い可愛がっていた。しかし年を経て猿は大きく成長。ある日猿は、女使《こしもと》の若葉に欲情し抱きついてしまう。白縫は驚き、長刀で猿を切りつけようとする。猿はその場から逃げる。その夜、白縫の近くで寝ていた若葉の部屋に猿が侵入。「ああ…」。叫び声を聞いた白縫が手燭を持って駆けつけると、若葉は喉を食い破られ果てていた。北斎は、若葉殺害直後の一瞬を描く。若葉の胸元を押し開いた猿は、「や、気づかれたか」と慌てふためいている。エロティシズムと究極の緊張感が漲る。猿の表情がなんとも印象的である。窓からは、桜の花びらが吹き込む。惨劇とは無縁の美が無常感を深める。この事件に為朝もからんでいく。

風流な初夜の祝い

前頁に登場した猿は、その後、文殊院という古寺に逃げこみ、搭の宝珠まで駆け上がる。それを知った白縫の父・阿《あ》曽三郎《そのさぶろう》平忠国《たいらのただくに》は激怒し「猿を射落とした者には、娘の白縫を娶《めと》らせる」と家臣に書かせて門柱に貼らせた。これを目にした為朝は、すぐさま忠国に会い、「猿を射る」と宣言する。

しかし、寺の住持が塔に矢を放ち殺生を行うことを禁じたため、為朝は鶴の力を借りて猿を退治する。忠国に気に入られた為朝は、白縫と結婚することになる。

この挿絵は、為朝と白縫の婚姻の式が終わったあとの祝い事を描いている。

手燭を持った老女が、白縫の臥房《ねや》（寝室）まで案内しようとして為朝の前を歩く。老女は廊下の奥で振り向くと、ここが姫の臥房と言う。

為朝が障子を引き開けて部屋に入ると、それぞれ一枝の桜花を手にした女使《こしもと》ふたりが、「や！」と声をかけて為朝に打ちかかった。為朝は、すぐさま扇で枝を打ち落とす。その先へ進もうとすると、同じ出で立ちをした10人あまりの女使どもが迫り来る。「三国一の聟君《むこぎみ》を、いざ祝《ことほ》ぎまいらせん」。為朝は、女使の群れを掻い潜りながら枝を残らず打ち落とす。桜の花びらが舞い散り、女使たちの簪が閃く。北斎は、このくだりを絵にしている。そっと覗き見る白縫は、為朝の人となりを知ろうとして楽しんでもいる。

馬琴は白縫の心情を表そうと、為朝の知勇を試す一風変わった初夜の祝いを物語に組み入れ、淀みなく綴った。

為朝が「こは狼藉《ろうぜき》也」と言うと、女使たちは集まりひざまずく。その瞬間、白縫が出てきて為朝に詫びた。為朝は笑ってこたえる。女使たちは立ち上がり、為朝を白縫の臥房に誘うのであった。

洞房《とうぼう》《ネヤニ》 花《はな》をもて
花《はな》を戦《たたか》しむ

白縫

錦絵

歌舞伎の舞台を思わせる華やかな場面で、錦絵にも描かれた。三枚続のこの作品は歌川国芳の筆による。国芳は本作がお気に入りだったのか、北斎の挿絵に挑戦するがごとくいくつかの名場面を選び、独自の表現を打ち出して描いている（27 頁の錦絵も国芳画）。

新院《しんいん》憤死《ふんし》して神《しん》《タマシイ》を魔界《まかい》に投《とう》ず

椿説弓張月

「新院」とは崇徳上皇のこと。12頁の右上に掲載した口絵では、崇徳院として人物紹介している。そこでは本人を背後からとらえ、正面の鏡にこの絵に繋がる姿を映し出している（薄墨を効果的に使用）。崇徳上皇は、保元の乱を起こしたが敗れて讃岐国に流された。崇徳方で戦った為朝も敗北を喫する。このように伝えられてきた史実を踏まえながらも、馬琴は想像の翼を広げる。怨みが消えない崇徳上皇は、死して魂を魔界に投じ魔王となるのである。北斎は得意の黒雲をこれでもかと湧き上がらせ、髪なびく頭部を上部の枠線からはみ出させる。自在に筆を走らせる北斎の線画は、劇画の原点を思わせる異様な迫力に満ちている。

梁田《やなだ》時員《ときかず》 大嶋《おほしま》に密書《みっしょ》を伝《つた》ふ

保元の乱に敗れた為朝は、逃れきれず捕らえられてしまう。かろうじて死罪を免れた為朝は、伊豆大島に流され、島の代官・三郎太夫忠重に預《あづか》けられた。小心者の忠重は、為朝が剛の者と知ると人里離れたあばら家に住まわせ、日に一椀の糧のみをあたえて飢えるのを待とうとした。しかし、心根のやさしい忠重の娘・簓江《ささらえ》が援助。島人の信頼を得た為朝は、民を虐げる忠重の屋敷に押し寄せて屈服させる。為朝は、伊豆大島を管領。ほかの島も従えて善政を敷いた。簓江は、為朝とのあいだに3人の子を産む。長男が9歳となり元服した年の4月、為朝の家臣・鬼夜叉（左上の男）が、怪しき男（左下の男）を捕らえる。その男は、足利義康の郎党・梁田時員であった。主君の命を受けて一大事を告げに来たという。絵は、為朝（中央の男）が義康の書簡（密書）を読むところ。書簡には、為朝討伐の大軍が来ると書かれてある。不安そうな簓江（右上の女）。

英雄《えいゆう》をねたんで海神《わたつみ》 節婦《せつふ》義士《ぎし》を溺《おぼ》らす

主従総勢30数名は、2艘の船に分かれていた。1艘には、為朝、白縫、ほかが乗り、もう1艘には、舜天丸を大将として、紀平治、高間太郎・磯萩夫婦、ほかが乗っていた。

しかし、東へ向かうべき両船は南に流され、嵐の前兆があらわれる。近くに港はない。そこに龍が出現。一気に海水が湧き立つ。天は俄にかき曇り、大雨盆を覆すがごとく降り注ぎ、船は大波に躍る（上の挿絵）。白縫は「この身を贄（生贄）として」と叫び、引き止める為朝を振り払い荒海へ飛び入る。郎党も次々入水。しかし風雨は止まず、船は鞠を蹴るように高く舞い上がる。為朝は、命運尽きたと腹を切ろうとする。

そのとき異形の烏天狗どもが突如立ち現れ、船の傾きを直して走らせた。烏天狗どもは異口同音に「崇徳上皇の神勅を受けてきた」と叫ぶ。茫然とする為朝（左頁上の挿絵）。

馬琴は「為朝の安危如何」と書き、第31回を終える。左頁下は第32回の挿絵である。27頁では、その経緯から記す。

＜前頁以降のあらすじ＞

義康の書簡通り、為朝討伐の大軍が押し寄せてきた。為朝は、簓江《ささらえ》、長男の為頼、鬼夜叉を失う。失意の為朝は、崇徳上皇の御墓（白峯の陵）に参り腹を切ろうとするが、夢であろうか、崇徳上皇や父為義らが現れ「ここで死ぬな、肥後国へ向かえ」と伝えられる。言われるまま肥後国に着いた為朝は、離ればなれになっていた白縫、家臣の紀平治と劇的な再会を果たす。為朝は平清盛討伐を目標とし、肥後国で潜伏を続ける。白縫は男の子を産み、舜天丸《すてまる》と名づけられ、紀平治に養育させた。そしてついに決行の日を迎える。京に渡り清盛を討とうと企てた為朝らは、水俣の浦から船に乗りこむ。続編の第31回・第32回では、海原に舞台を移し、怒濤の展開を見せる。

讃岐院《さぬきのいん》の冥助《みやうぢょ》 為朝《ためとも》の舩《ふね》を行《や》る

荒れ狂う海「もはや、

高間《たかま》 磯萩《いそはぎ》 洋中《ようちう》に自殺《ぢさつ》す

舜天丸《すてまる》を抱《いだき》て紀平次《きへいじ》 沙魚《わにさめ》に救《すく》はる

間一髪！ 怪魚（沙魚《わにざめ》）が為朝の子を救う

舜天丸、紀平治、高間太郎・磯萩夫婦が乗っていた、もう1艘の船はどうなったのか。

高間太郎・磯萩夫婦は万策尽きて為す術がない。破壊される船から、ふたりは手を組み合わせて荒波に飛び込んだ。図らずも岩礁に打ち上げられたものの救助船は来ない。太郎は刀で磯萩の胸を刺し、自身の腹をかき切った（25頁下の挿絵）。夫婦は、紅蓮の浪下に沈んで果てる。

一方の紀平治は、破壊が進む船を見限り、自ら舜天丸と海に入る。左手で板をつかんで身を浮かし、右手で舜天丸をさし上げて力の限り泳ぐが、長くは続かない。力尽きて溺れ死にそうになると、前方に光るものが見えた。それは巨大な沙魚の眼だった。この悪魚と戦いたくも殺す手立てがない。沙魚は大きく口を開け、潮を蹴立てて進み来る。その時、高間夫婦の鬼火が沙魚の口に入ったように見えた。沙魚はすぐさま口を閉じ、舜天丸と紀平治を背中に乗せ上げた（右の挿絵）。紀平治は悪魚の沙魚に高間夫婦の忠魂が乗り移り、若君の舜天丸を救ってくれたことを悟り、感涙するのだった。

この場面は、歌川国芳の錦絵（下）でも知られる。三島由紀夫は、本作を歌舞伎作品にした。自ら台本を書いて演出。この場面は「薩南海上の場」で、仕掛けの多いスペクタクルシーンとした。国立劇場での初演は、三島が自決する1年前だった。

錦絵 歌川国芳はこのシーンを三枚続の錦絵にした 「讃岐院眷属《さぬきのいんけんぞく》をして為朝《ためとも》をすくふ図《づ》」

1 為朝を救う烏天狗たち、**2** 身を投げた白縫、**3** 舜天丸と紀平治を背中に乗せた沙魚、という3つの出来事をワイドな1画面の中で見せる。本作の刊行からおよそ40年後となる、1850～52（嘉永3～5）年に制作された。沙魚の巨体が3枚を横断する、ダイナミズムに溢れた国芳の渾身作であり、北斎とは異なる沙魚の描き方に挑んだ野心作といえるだろう。

石櫃《せきひつ》を破《やぶつ》て曚雲出現《もううんしゅつげん》す

舜天丸と紀平治を乗せた沙魚《わにさめ》は、見知らぬ島に着く。そこは琉球国本島の真西にある姑巴島《こはじま》だった。物語の舞台は琉球国へと移る。そこでは新キャラが続々登場。波瀾万丈のストーリーは複雑さをさらに増す。迫力満点のこの場面は、石櫃《せきひつ》が砕け飛び為朝最大の敵となる曚雲《もううん》が現れるところ。「その石八方へ散乱したりしかば…」と綴る馬琴の文に北斎は過剰に応える。度肝を抜く挿絵を描き読者を破壊的エンターテインメントの世界に誘うのだ。

嶋袋《しまふくろ》に為朝《ためとも》 猛火《みやうくわ》に裹《つつま》る

椿説弓張月

琉球国の国王は、そのころ尚寧王《せいねいわう》だった。その娘・寧王《ねいわん》女《にょ》が悪少年等に襲われると、なんとあの白縫の魂が乗り移り危機を脱する。曚雲《もううん》（前頁参照）は、尚寧王を倒し王座につく。為朝は寧王女と会い、白縫の憑依を知る。為朝と寧王女は、曚雲退治に乗り出す。自ら曚雲を追う為朝だったが、嶋袋《しまふくろ》という森の中で出口を塞がれ、馬もろとも猛火に包まれる（挿絵はここを描く。絶体絶命の状況だが、為朝は知恵を働かせる）。その現場に寧王女が駆けつけたときは、草木ことごとく灰燼に帰していた。そのとき、馬の腹中から為朝が這い出てきた。その後、為朝は舜天丸、紀平治と奇跡的な再会を果たす。11頁のクライマックスに向けて、曚雲との熾烈な戦いが続く。

曲亭馬琴の作家魂

馬琴 75 歳のときの肖像。右下に香蝶楼国貞とある。浮世絵師・歌川国貞（三代豊国）のことで、1841（天保 12）年に馬琴の家（四谷信濃坂）を訪ねて描いたという。読本『南総里見八犬伝』第九輯巻之五十三下 回外剰筆（完結記念の回顧録的特別本）に掲載。

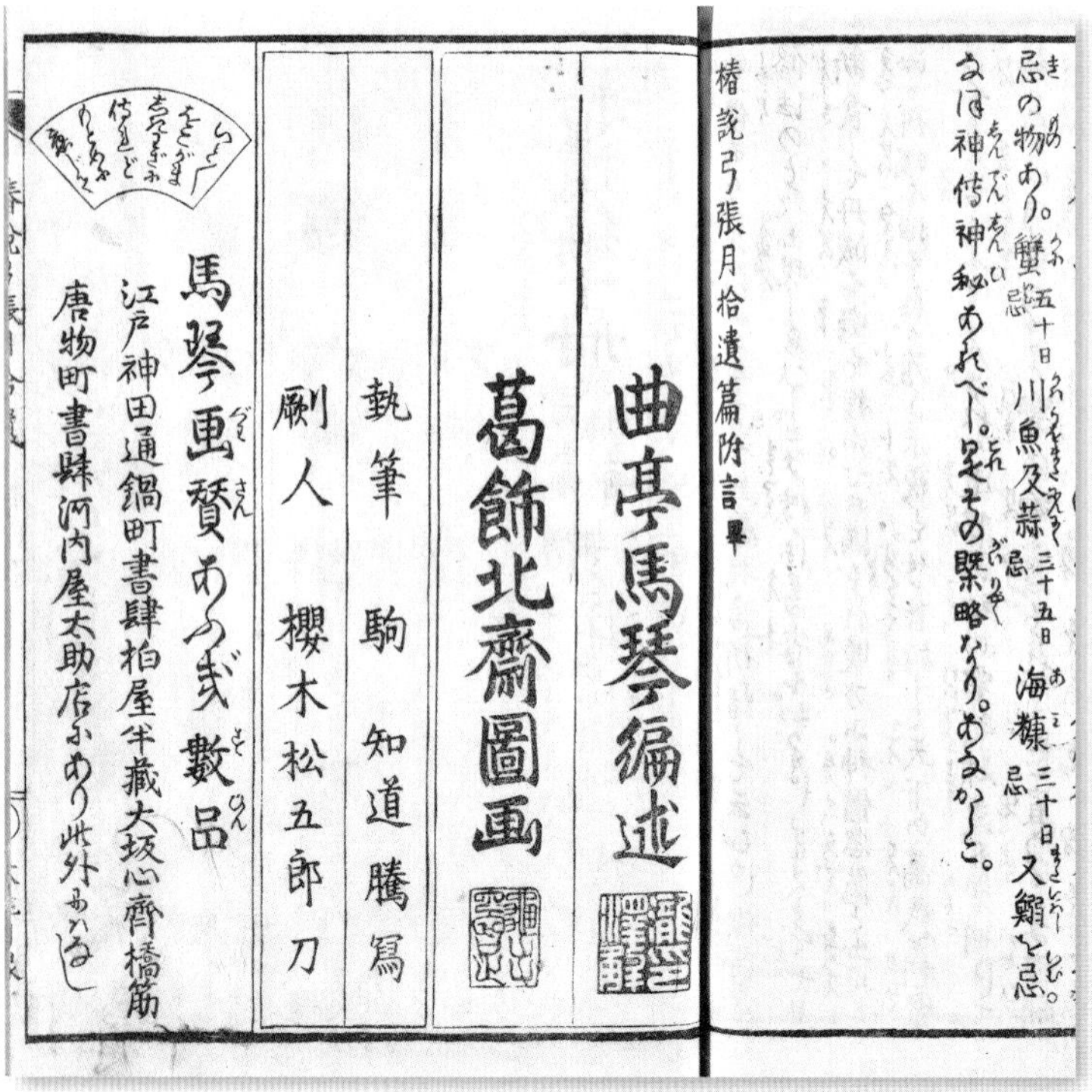

椿説弓張月拾遺篇附言畢

忌の物あり。蟹五十日 川魚及蒜三十五日 海鰱三十日 又鰯を忌。なほ神仏神秘あれども是その槩略なり。

曲亭馬琴編述

葛飾北齋圖画

執筆 駒知道謄寫

剞劂 櫻木松五郎刀

馬琴画賛あふぎ数品 江戸神田通鍋町書肆柏屋半藏大坂心齋橋筋唐物町書肆河内屋太助店にあり

『椿説弓張月』拾遺編の奥付。江戸時代後期を代表する作家と浮世絵師の名が、太い筆で併記されている。ふたりの落款にも注目してほしい。同頁の左には、馬琴直筆による画賛扇の店内限定販売広告も出ている。

曲亭馬琴は葛飾北斎より8歳年下である。馬琴は82歳まで、北斎は90歳まで生きた。当時としては長寿を全うしたといえる。馬琴は1848（嘉永元）年に没し、北斎はその翌年没した。ふたりは同時代の文壇と浮世絵の分野を席巻した両巨頭なのだ。

『椿説弓張月』は、このふたりが組んだ読本の傑作である。才能を認め合ったふたりは、ある時期読本でタッグを組み、腕を振るい合った。共に我が道を行くタイプなのでときには衝突もしたが、切磋琢磨し合い読本の到達点を示した。

北斎が描いた読本の挿絵は、『椿説〜』に限らずハイレベルな力作が多い。まさに独走といえる画才を発揮し、他の絵師たちの追随を許さない迫力画を連発した。

あらゆるジャンルで傑作を残した北斎だが、読本の挿絵は向いていたのではないか。ストーリーや作家自らが描いた挿絵の下絵（40・41頁参照）等の縛りや指示は、北斎の創造性を一層高めたといえる。他者の創造物から未見の傑作が生まれることは、ままあることである。小説が絵画の可能性を広げる起爆剤になり得ることを、北斎は読本の挿絵で実証してみせた。

さて、北斎の創作意欲を沸かせたもう一方の巨頭・馬琴とは何者だったのか。

馬琴は1767（明和4）年に、旗本である松平家の用人・滝沢興義の5男として、江戸の深川に生まれた。下級武士の暮らしを良しとしない馬琴は、仕事についても長続きせず、不安定な生活を続ける。

24歳の時、文筆で身を立てようと山東京伝を訪ねた。弟子入りは叶わなかったが、京伝との交流がはじまる。翌年、黄表紙を初出版。京伝が洒落本で手鎖50日の筆禍にあい新作の刊行を控えると、馬琴が黄表紙の代作を務めた。

その後馬琴は、板元の蔦屋重三郎に才能を見込まれ手代としてやとわれる。そして年上の女性お百と結婚。履物商伊勢谷の婿養子となり、著述に力を注いでいく。

著述に専念するのは30代以降である。ただし軽妙洒脱路線の黄表紙は性に合わなかった。発行部数の多い黄表紙は潤筆料（原稿料）稼ぎを主目的とし、薄利だが高尚とされる読本を軸として戯作者の道を突き進む。結果、読本が評判を呼び、読本作家としての地位を築いていく。『椿説弓張月』は、40代前半の会心作である。

馬琴は几帳面で潔癖な男だった。博学でも知られたが、その反面、偏屈で社交性に乏しく、理屈っぽい性格でもあった。筆禍対策もあるが、儒教思想に基づく教訓、勧善懲悪、因果応報が渦巻く読本は、馬琴の資質に合っていたのである。

京伝も読本を書いたが、馬琴の読本人気に押されていく。京伝が読本を書かなくなるころ、48歳となった馬琴の大長編読本『南総里見八犬伝』の刊行がはじまった。

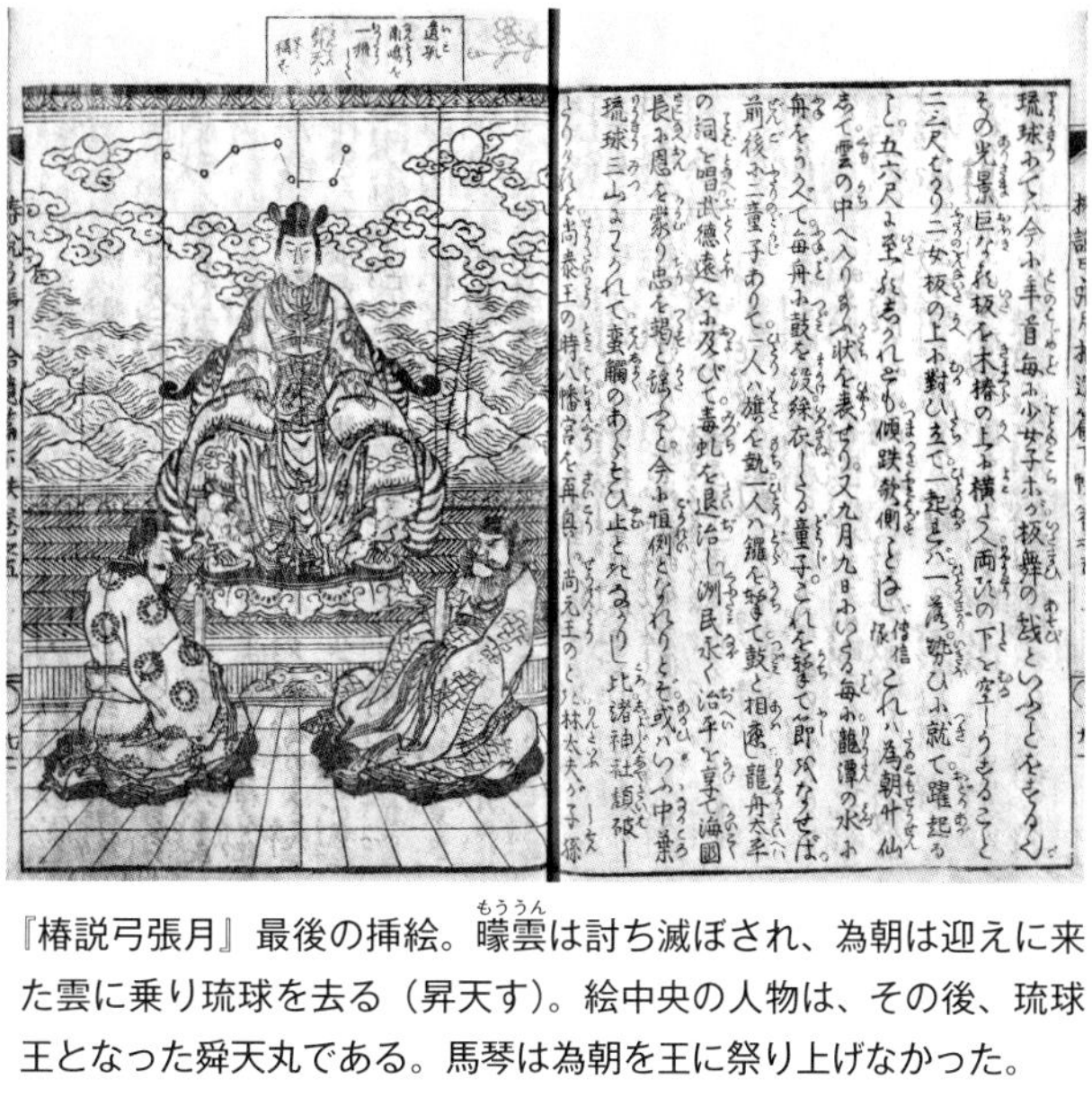

『椿説弓張月』最後の挿絵。曚雲《もううん》は討ち滅ぼされ、為朝は迎えに来た雲に乗り琉球を去る（昇天す）。絵中央の人物は、その後、琉球王となった舜天丸である。馬琴は為朝を王に祭り上げなかった。

第2章

終わらない読本『南総里見八犬伝』

完成までに28年もの歳月をかけた曲亭馬琴の戦国スペクタクル大河読本。時は室町時代後期。里見義実の娘・伏姫は、手柄を立てた愛犬の八房と安房の富山《とみさん》の洞窟にこもる。そこで妊娠を告げられた伏姫が腹を切ると、八つの玉が飛び散っていく。その後、名字に犬の字をもつ勇士8人が各地に誕生。八犬士の波乱に満ちた冒険譚はここからはじまった。馬琴は、因果応報を物語の軸に伏線を張り巡らせる。しかし、絡まった糸がほぐれそうになると、別の糸が絡まるように物語は複雑に展開。まるで終わることを拒否するがごとく……。愛読者は後を絶たず大ヒットを続けた。馬琴の執念は失明の危機をも乗り越える。勧善懲悪が全編を貫き、八犬士は誰ひとり欠けず、1842（天保13）年、ついに大団円を迎えた。

挿絵は第１～４輯までを柳川重信が描き、第５輯から７輯までは渓斎英泉が加わった。重信は第８輯を担当すると、1832（天保 3）年に 46 歳で没した（ここまでで 48 冊刊行）。第９輯（この輯だけで 58 冊刊行）は、重信の門人で養子となった柳川重信（二世）、渓斎英泉、歌川貞秀が描き継ぐ。この挿絵は第９輯（第 121 回）掲載で、柳川重信（二世）の筆による犬江新兵衛（右上）大活躍の場である。新兵衛は「仁」の霊玉《れいぎょく》が入った護身嚢《まもりぶくろ》を素早く取り出し、妖術使いの妙椿《みょうちん》にかざした。その光にうたれた妙椿は、「苦《あ》」と叫ぶ。

因果応報を軸に勧善懲悪が全編を貫く、八犬士の冒険譚

『南総里見八犬伝』

曲亭馬琴・作　柳川重信ほか3名・画

全9輯98巻106冊。著者は曲亭馬琴。刊行開始から28年かけて完結した最も冊数の多い読本である。最初に出た「肇輯《じょうしゅう》」（第1輯）は、1814（文化11）年刊行の5冊（第1回～第10回）で、馬琴はこのとき48歳だった。すでに馬琴は読本作者として不動の地位を築き上げており、円熟期を迎えていた。

しかし、67歳で右目の視力が衰える。72歳で左目も霞み、74歳の1840（天保11）年になると両眼の視力を失う。大詰めに入っていた本作執筆は、亡き長男の妻・おみちに口述筆記させて、ようやく完結まで漕ぎ着けた。最終の10冊は第9輯（第177回～第180勝回下編大団円）で、1842（天保13）年に刊行を果たした。

本作には400人以上もの人物が登場。総文字量は『源氏物語』の2倍を優に超える。注目すべきは、ラスト第9輯の異常な長さである。第8輯までは19年の歳月をかけて48冊刊行されたが、第9輯に至り枝葉が枝葉を生み、それまでのペースで終わらなくなる。第9輯だけで、なんと58冊（特別本の「回外剰筆」も含む）も刊行されている。馬琴は律儀に枝葉の登場人物まで行跡を記し、伏線も事細かく回収していく。熱心なファンは次の第9輯本を、延々9年にもわたり心待ちにしては読み続けたことになる。

挿絵は刊行が長期にわたったこともあり、柳川重信、渓斎英泉、柳川重信（二世）、歌川貞秀の4名が分担して描き継いだ。しかし絵師が交代しても、画風の差異はさほど感じられない。馬琴自身が下絵を描き、校合摺（校正紙）をこまめにチェックしたからだろう（40・41頁参照）。

本作は、高尚で高価とされてきた読本のジャンルに入るが、八犬士の血湧き肉躍る活躍ぶりは庶民の熱狂的な支持を受けて大ヒットを続けた。庶民の多くは貸本屋を利用。続きの本を借りては、「あの続きはどうなった」と表紙をめくり、日々の憂さを晴らすように読み耽ったのだろう。

ビジネスチャンスを得た貸本屋は商機を逃さない。『南総里見八犬伝』の新刊発売日になると、多くの貸本屋が我先に仕入れようと絵草紙屋に殺到したという。板元も利を得て、「いくらでも続けておくれ」と馬琴の耳元でささやいたかもしれない。とすれば第9輯の異常な長さも腑に落ちなくもない（今のコミックも当たると終わらなくなり、巻数が増えていく傾向にある）。

本作がヒットすると、挿絵担当の絵師たちも発奮（馬琴の厳しい目も光るが）。読本挿絵の分野で先頭をひた走る北斎の手法も取り入れつつ、今の劇画に通じる線画ワールドの魅力を追求していった。歯切れのいい馬琴の文と呼応する躍動感溢れる挿絵は、波瀾万丈、摩訶不思議なストーリーを賑やかに盛り上げたといえる。

元来読本志向が強かった馬琴は、中国の白話《はくわ》小説の影響を強く受けている。白話小説は口語体で書かれた中国の小説で、『西遊記』や『三国志演義』などで知られる。馬琴はとくに『水滸伝』を耽読。手法、趣向等を参考にして本作を書いた。伏姫から八つの玉が飛び散る有名な発端は、『水滸伝』の発端を借りて読者を物語の世界へ引き込むことに成功している。博学の馬琴は、歴史書や地誌も読み漁り、自作に取り入れた。しかし、生み出された著作は単なる模倣や寄せ集めではない。独自の豊かな発想を存分に羽ばたかせ、研ぎ澄ませた文体で作家馬琴の文学を形成している。本作は、壮大な物語をテンポよく紡ぎ、読者を冒険の旅へと誘う一級の娯楽小説である。

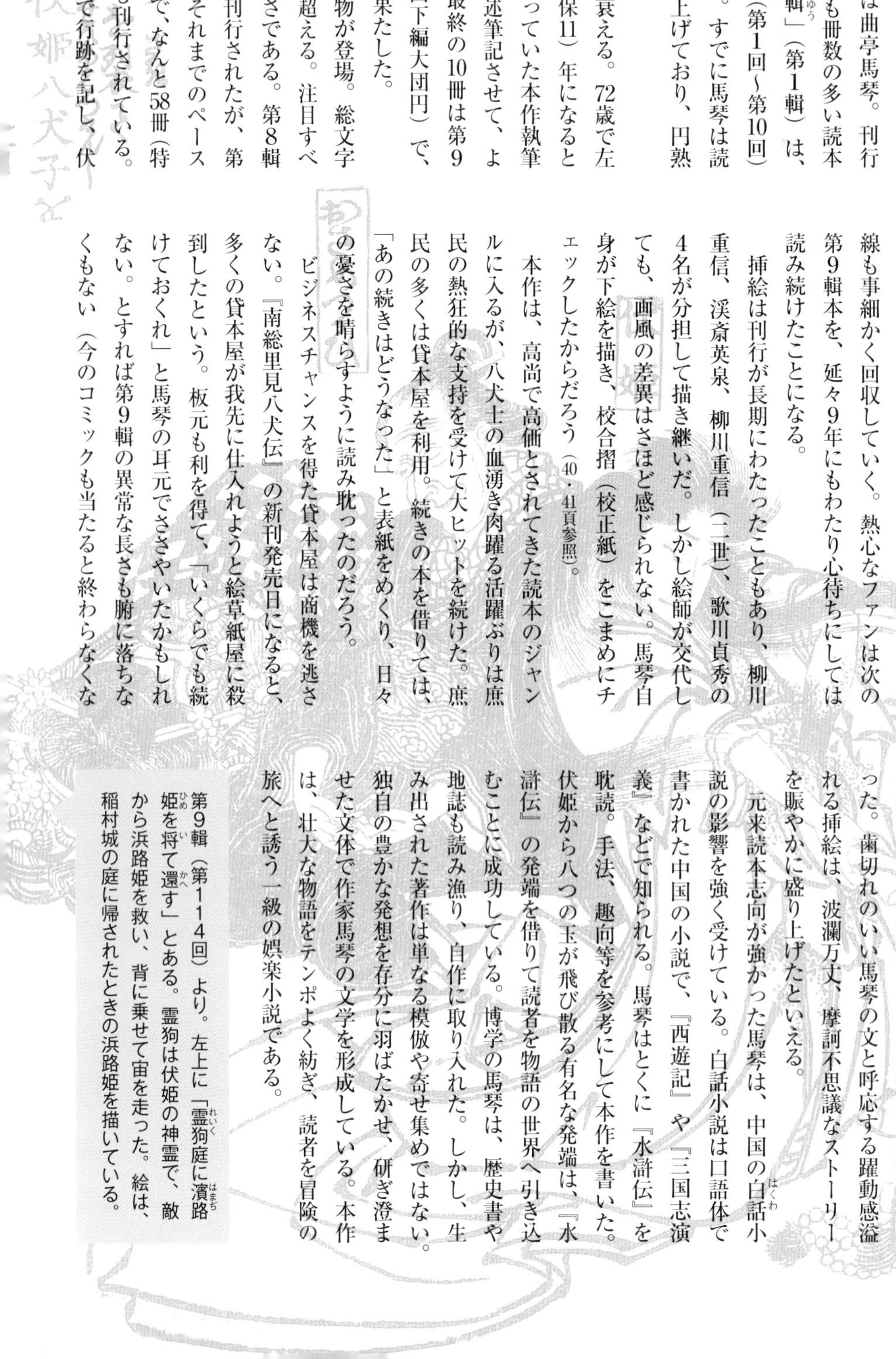

第9輯（第114回）より。左上に「霊狗《れいく》庭に濱路《はまぢ》姫《ひめ》を将《い》て還《かへ》す」とある。霊狗は伏姫の神霊で、敵から浜路姫を救い、背に乗せて宙を走った。絵は、稲村城の庭に帰されたときの浜路姫を描いている。

南總里見八犬傳第九輯巻之十二分巻之上終

芳流閣の戦い

犬塚信乃《しの》は、名刀・村雨丸がすり替えられたことを知る。足利成氏と執権の横堀在村は激怒。敵方の間諜者《まわしもの》と疑われた信乃は追われ、芳流閣の屋上に駆け上がった。一方、無実の罪ながら獄中生活を強いられていた犬飼現八（挿絵中では「見八」）は、急遽信乃を捕らえるよう在村に命じられ、牢から出され屋上に向かう。信乃と現八は、義兄弟でありながら戦う羽目に陥る。先の読めない物語が、和漢混交の美文により前へと転がる。屋上での立ち回りは屈指の名場面。ビジュアル化にも適し、錦絵に描かれ歌舞伎でも演じられた。下は、第３輯最後の挿絵。馬琴は「両雄の勝負如何」と書き「第４輯の端《はじめ》に解《とか》ん」と読者を焦らし、次輯の期待感をふくらませる。

君命《くんめい》によって見八《けんはち》 信乃《しの》を搦捕《からめとら》んとす

左が第4輯最初の挿絵。三層ある楼閣の屋上まで上った現八が信乃と死闘を繰り広げている。現八の十手で刃《やいば》を折られた信乃が現八に組み伏せられそうになるが、ふたりは足を滑らせ屋根を転げ落ちる。どう、と落ちた所は小舟の中だった。その衝撃で纜《ともづな》はぶち切れ、板東太郎（利根川）の急流にのみ込まれてしまう。ふたりは葛飾の行徳の浦まで流される。

錦絵

←『南総里見八犬伝』は1836（天保7）年、大坂と江戸で歌舞伎にもなった（初演）。とくに屋上で派手な立ち回りを展開する「芳流閣の場」は大きな見せ場となり観客から喝采を浴びた。1874（明治7）年に出版されたこの錦絵は、豊原国周《とよはらくにちか》筆。当時の舞台演技をふたりのアップでとらえている。本作の歌舞伎は、2015（平成27）年にも東京・国立劇場で上演され、屋上の立ち回りが人気を博した。

↓左右に分かれ、対峙する信乃と現八。芳流閣の戦いを描いた3枚続の錦絵で、歌川国貞（三代豊国）の作画とされる。

曲亭馬琴の下絵

下絵

版本絵

第９輯上套巻之二（第94回）に掲載された挿絵〔柳川重信（二世）画〕

馬琴は25歳のときに黄表紙を初出版した。黄表紙は、絵の隙間に文や台詞が所狭しと入り込む版本である（106頁参照）。ゆえに絵と文を一体化して作品を創り上げる黄表紙作家は、下絵（自筆稿本）描きが必須で絵心が要求される。絵師（もしくは作者自身）は、作家の下絵をなぞるがごとく見栄えのいい絵を描き上げる。そこに筆耕が文字を筆写して、彫師に渡すのである。同様に、読本も作家が挿絵の下絵を描くことが多い。馬琴は、画才にも恵まれた春町や京伝には遠く及ばないものの、黄表紙で鍛えられたのか、揺るぎない構図をがっちり決めて下絵を描いている。ここに示すように、馬琴が残した下絵と刊行された版本絵を比較してみると、馬琴の堅くて几帳面な性格が透けて見えてくる。画才はお世辞にもあると言えないが強固なビジュアルイメージをもち得た馬琴が読本作家を目指したのも、むべなるかなである。馬琴は74歳で両眼の視力を失い、亡き長男の妻・おみちに口述筆記を頼んだが、下絵についても口頭で細かく指示していたかもしれない。

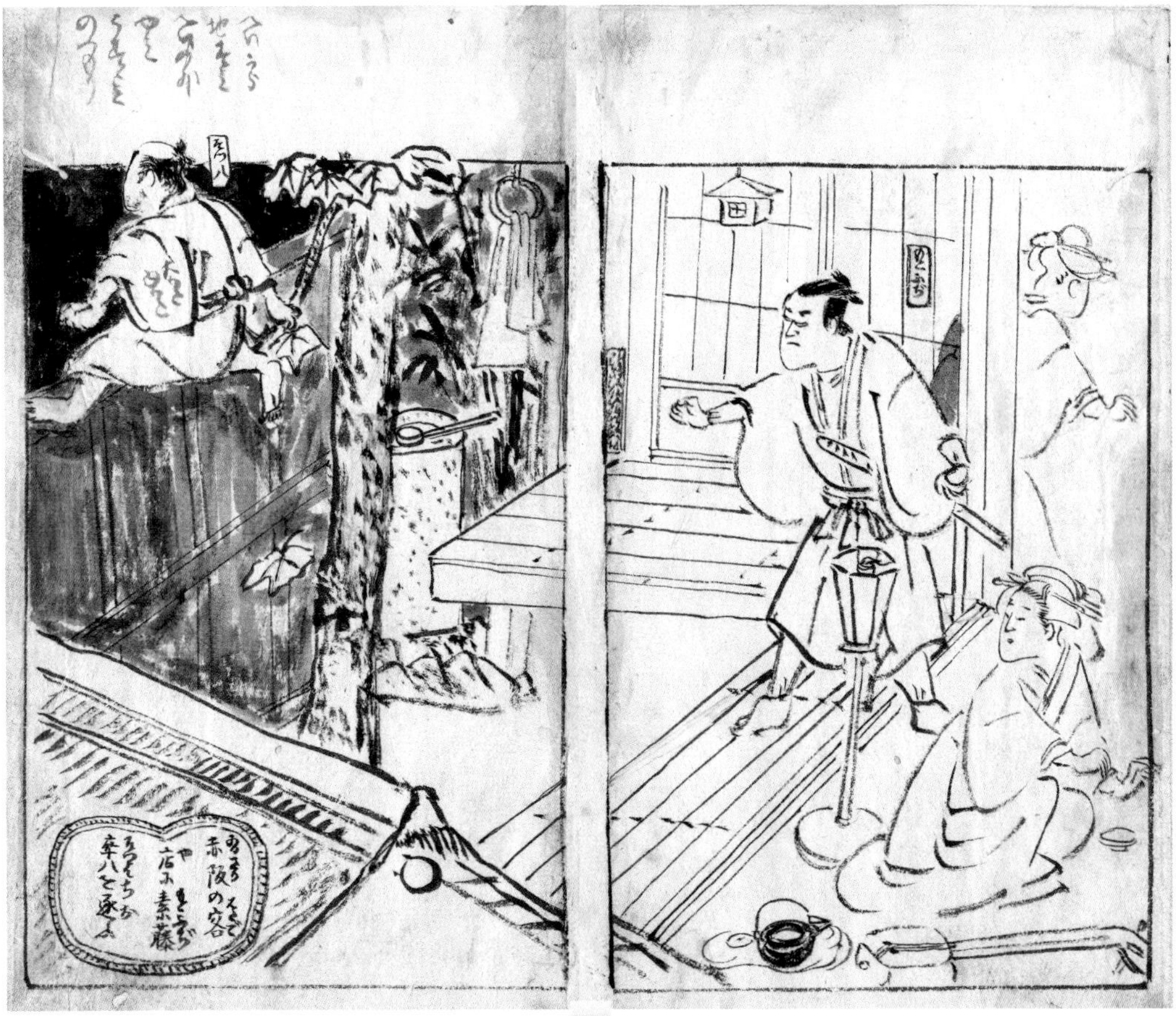

下絵

版本絵

第９輯上套巻之四（第98回）に掲載された挿絵〔柳川重信（二世）画〕

修羅場となる対牛楼

女田楽師の美女・旦開野《あさけの》が登場。旦開野は対牛楼での酒宴のあと、泥のように眠る父の敵・馬加大記《まくはりだいき》常武《つねたけ》の枕元に立ち「勝負を決せずや」と名乗る。常武は目覚めて驚き刀を抜こうとしたが、旦開野に首をはね飛ばされる。家臣たちも何事やと飛び起き、壮絶な斬り合いがはじまる。実はこの旦開野は、女芸人に姿を変えていた八犬士のひとり犬坂毛野《けの》であった。復讐心に燃える毛野ひとりで大人数を斬りまくる名場面である。

芳流閣の戦い（38・39頁）が「陽のチャンバラシーン」であるならば、こちらは「陰の大量殺戮シーン」とでもいうべきか。引いた上空から、対牛楼の凄惨な現場を客観的視線で覗き見るこの挿絵は、演出過多なアップよりも血なまぐさい。あっけなく斬られる者、無造作に転がる死体は、不気味な静けさを醸し出す。階下の障子に映る影も毛野。異時を同画面に収めている。

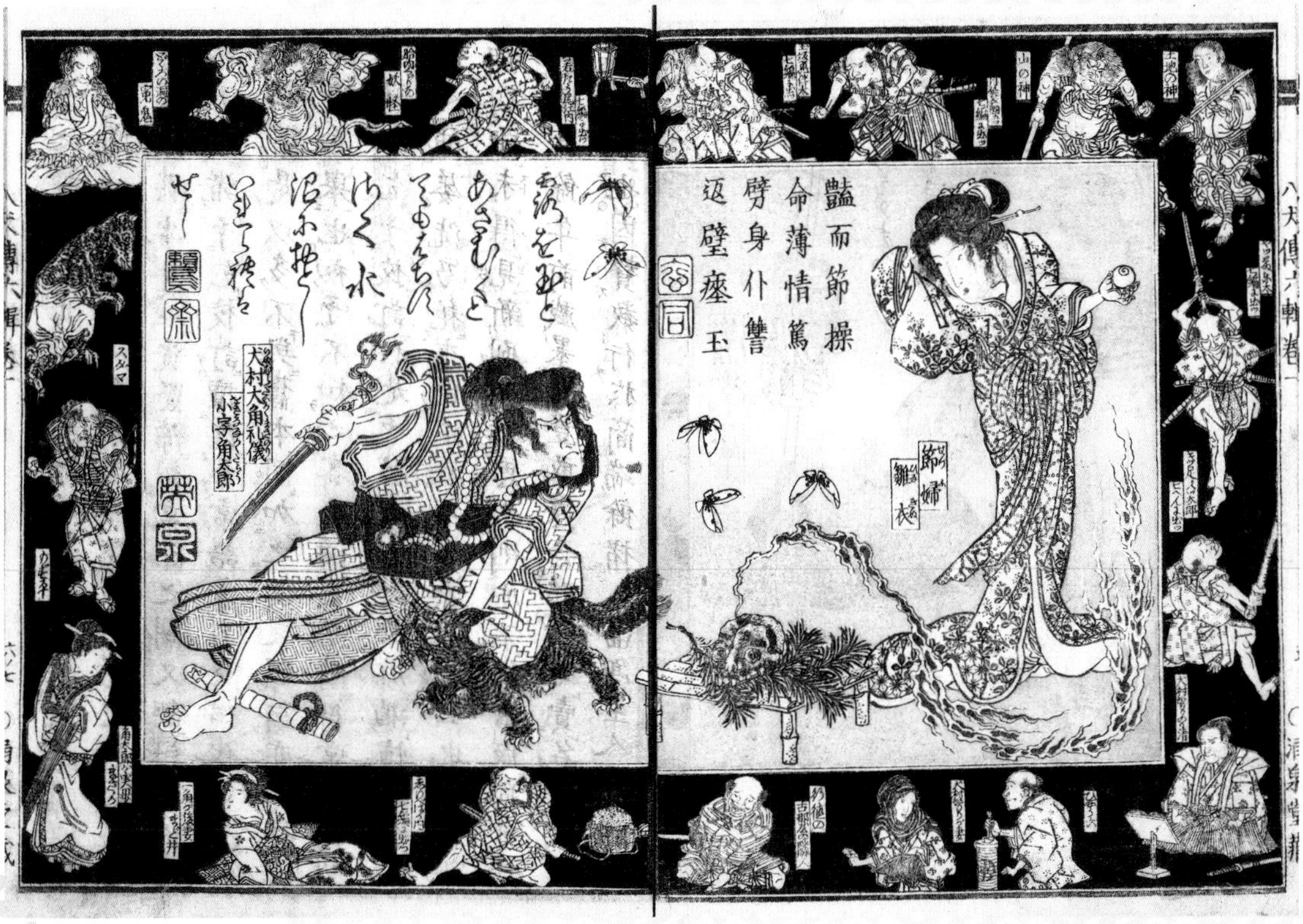

創意に満ちた口絵

口絵は毎回工夫があり見逃せない。右の対牛楼のシーンは、第６輯巻之四（第57回）に掲載されたが、同輯巻之一の巻頭に３見開きの口絵があり、これはその内の２見開きである。上の口絵は、犬坂毛野と、毛野が女装をして女田楽師をしていたときの姿（旦開野）を対比させて描き、周囲にその他の登場人物を配して縁取っている。下の口絵も同様の趣向だが、バックの墨ベタと薄墨を上の口絵と逆転させる凝りようである。

勇《ゆう》を奮《ふるっ》て現八《げんはち》よく五兇《ごけう》を挫《とりひし》ぐ

かる。現八、これらをもろともせず撃退。師範代の籠山《こみやま》逸東太《いつとうだ》縁連《よりつら》は「いざ真剣にて勝負せん」といきり立つが、木刀でよいと現八。激高した縁連は刀を捨てて現八と組み合うが、ねじ伏せられてしまう。一角の二男・牙二郎も刀に手をかけるが、父に「まて」と止められる。これを覗き見ている女は、一角の後妻《のちぞい》・船虫（恐るべき毒婦）である。挿絵では、このくだりを１画面で描き切る。

芳流閣の戦いで強烈な印象を残した八犬士のひとり犬飼現八は、ここでも抜きん出た武芸を披露する。赤岩一角《あかいわいっかく》（実は怪猫が化けている）は、2、300 人もの弟子をもつ武芸の達人である。「ひと太刀教えを」と稽古場に案内された現八に、まずは塾生《うちでし》の飛伴太《ひばんた》が打ちかかる。現八は木刀で受け相手の左肩先を「丁《ちょう》」と打つ。なだれ込むように、ほかの塾生、東太、溌太郎《はったろう》、団吾も現八に打ちか

應仁《おうにん》の昔《むかし》かたり三才《さんさい》の息女《そくじょ》鷲《わし》に捕《と》らるゝところ

南総里見八犬伝

浜路という美しい娘は、悪漢である蟇六《ひきろく》の養女で、犬塚信乃の許嫁だったが、実は犬山道節の異母妹だった。浜路は誘拐され16歳で殺されてしまうが、亡霊が別人の浜路に宿り、信乃に恋しい気持ちを伝えた。別人の浜路は、3歳の時に城内から鷲にさらわれた里見義成の五女だった。馬琴の筆は冴え、登場人物たちの数奇な運命が複雑に絡み合う。挿絵は、鷲にさらわれたときの浜路姫を画面いっぱいに描いている。浜路姫は後に信乃の妻となった（48頁参照）。

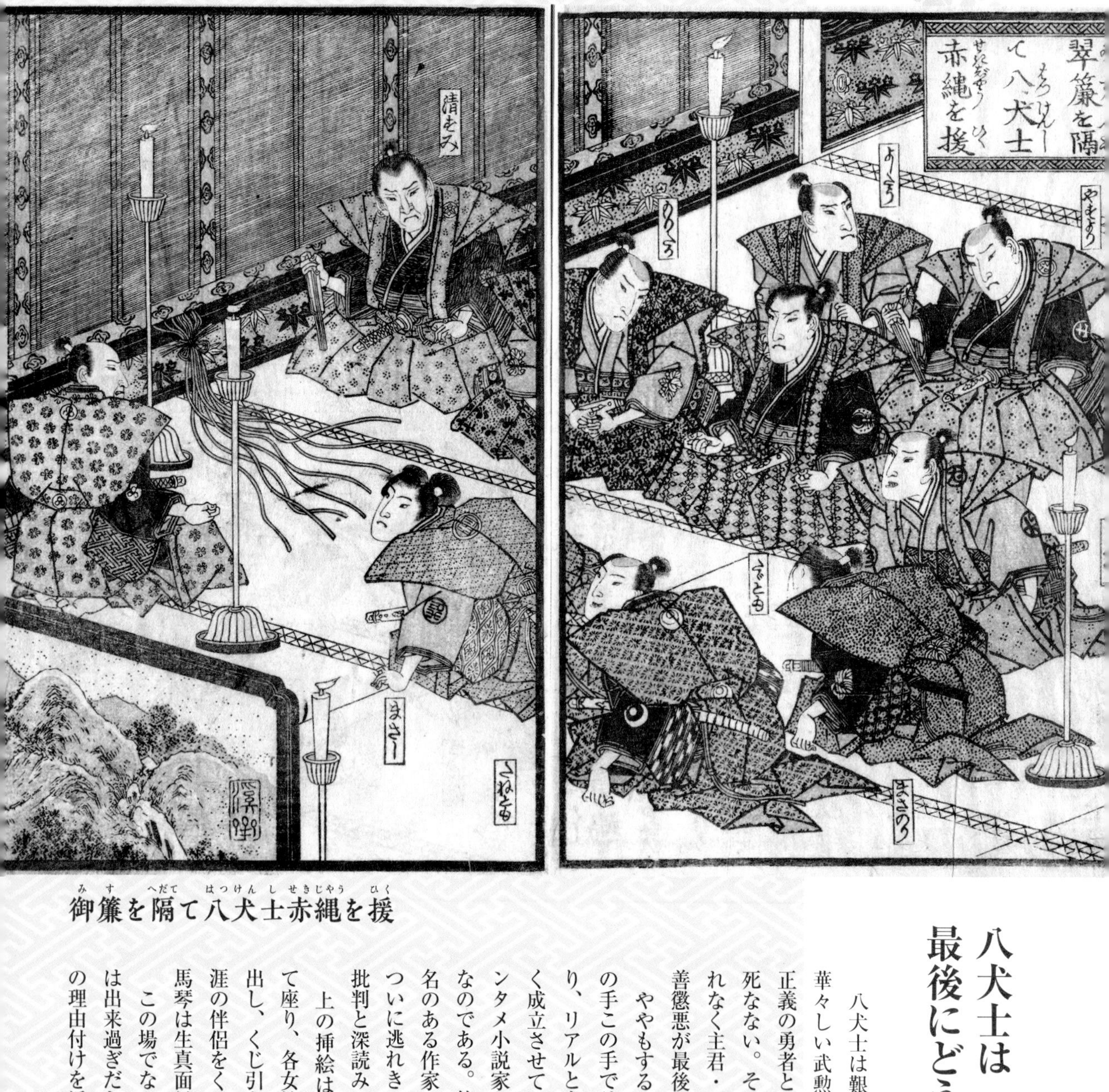

御簾《みす》を隔《へだて》て八犬士《はつけんし》赤縄《せきじやう》を援《ひく》

八犬士は最後にどうなったのか

八犬士は艱難辛苦を乗り越え、里見家のもとに結集。華々しい武勲をたてる。敵は憎々しい悪人として登場。正義の勇者として描かれる八犬士は勝ち残り、誰ひとり死なない。その功は報われ、それぞれ城持ちとなり、もれなく主君・里見義成の美しい娘まで娶る。本作は、勧善懲悪が最後まで貫かれる。

ややもすると一本調子に陥りそうな話だが、馬琴はあの手この手で読者の心を惹きつける。伏線を幾重にも張り、リアルと虚構が同居する大衆文学を巧妙にテンポ良く成立させてしまう。馬琴は堅物ではあるが、プロのエンタメ小説家としての自覚を持った才あるクリエイターなのである。筆禍対策も抜かりない。山東京伝をはじめ、名のある作家・絵師たちが次々筆禍にあったが、馬琴はついに逃れきった（しかし、遠回しだが本作中には幕府批判と深読みできるくだりがある）。

上の挿絵は、八犬士と義成の8人の娘が御簾を隔てて座り、各女性の名札がついたひもの先を御簾の下から出し、くじ引きによりカップルを決める場面である。生涯の伴侶をくじで決めてよいのかとつっこみたくなるが、馬琴は生真面目な美文で話を転がす。

この場でなんと信乃は浜路を引き当てるのだが、これは出来過ぎだと誰もが思うところを、馬琴は義成に天縁の理由付けを滔々と語らせ、読み手の予想された受け取

其二　八小姐《やたりのひめ》天縁良對《てんえんりょうつひ》を得《え》ぬる処《ところ》

八犬仙山中《はっけんせんさんちう》に遊戯図《いうげのづ》

り方をうまく丸めこむ。馬琴は老獪なテクニックを駆使して、易々とは読者をしらけさせない。

ラストはおおむねハッピーエンドであるが、義成が死去し四世実尭《さねたか》の代になると、内乱を予期したのか老いた八犬士は山中に隠棲する（左はその挿絵）。訪ねてきた息子たちには、暗愚な実尭に仕えず他郷へ行けと告げ、仙術を用いて姿を消す。馬琴は人の世の無常も匂わすのである。馬琴は「陰」のメッセージも作品に込め、一刀両断の評を許さない反骨を深部に埋め込んでいる。

第3章

文と挿絵を楽しむ 読本傑作選

『英草子』『本朝水滸伝』『雨月物語』
『絵本太閤記』『忠臣水滸伝』『新累解脱物語』
『小栗外伝』『釈迦御一代記図会』

知的で深遠な話を連ねた格調高い短編小説集。読本の嚆矢となった

『英草紙《はなぶさぞうし》』

第1章、第2章の大作は、江戸時代後期に活躍した江戸の作家・曲亭馬琴が著し大ヒットした読本の名作である。これらの読本は、貸本屋のレンタルもあり庶民層まで愛読者を増やした人気作で、江戸で開花した後期読本のジャンルに入る。

第3章では、その読本隆盛時代からいったん遡り、読本の嚆矢とされる上方の短編集とその後続作を紹介し、前期読本の特徴にふれてみたい。

次に、後期読本の嚆矢とされる山東京伝著『忠臣水滸伝』を紹介する。この1作でなぜ読本の潮流が変わったのか、その理由に迫りたい。

続いて葛飾北斎が挿絵を担当した後期読本の3作を刊行順に紹介する。北斎は天性の画才を版本の挿絵分野でも存分に披露してくれた。3作から選んだ墨線画の傑作をご覧いただき、読本における挿絵の役割とその重要性について、ざっくりではあるが解説してみたい。

◇　◇　◇

最初に紹介する『英草紙』は、読本の嚆矢とされている重要な作品である。9編の短編小説から成る本作は、5巻5冊。江戸中期の1749（寛

第五話　紀任重《きのとふしげ》陰司《いんし》《めいど》に至《いた》り滞獄《くじ》を断《わく》る話《こと》

時は弘安（1278～1288）。主人公の紀任重《きのとうしげ》は、生まれつき聡明な男だった。先祖の家柄は悪くなかったが、幼くして両親と死別。財産はなく、俸禄も少なく貧乏だった。それでも書を読み漁り、見識ある人物となったが、50歳を過ぎても出世は叶わなかった。この世に憤りを感じていた任重は、ある夜、和歌を詠み、その前書に不平等な天への不満を書き連ねて焼いた。任重は机の前に座り「自分がもし閻魔になれば、正しい裁きができるのに」と独り言をつぶやくと眠ってしまった。するとたちまち7、8匹の青鬼が机の下から湧き出て任重を捕らえ、閻魔の仕事場に連れて行った。天上玉帝の命で、任重は12時間だけ閻魔の職務を果たすことになり、裁判の場で才を発揮していく……。

延2）年に刊行された。角書《つのがき》には「古今奇談」とタイトル表記されることから、『古今奇談 英草紙』とも多い。著者は大坂の漢学者で医師の都賀庭鐘《つがていしょう》（近路行者《きんろぎょうじゃ》）である。

『英草紙』は、刊行当時マンネリ傾向にあった浮世草子とは異なる小説である。高尚な文学の香りを感じさせる大人の小説として登場し、知識人たちの注目を集めた。性格の違い、生き方、貧富や格差、善悪、世の無常などを取り上げ、風刺精神にも富んでいる。また、強固な構成を持ちながら、ありがちな結末に向かわない。読者自身に問うたり考えさせる余韻を残すのである。しかし、話は庭鐘のオリジナルではない。物語の多くは中国の白話小説を翻案し、日本の鎌倉、室町時代に置き換えている。それでも当時低迷期にあった上方の小説界に新風をもたらす作品となった。

本文のあいだに挿入された見開きの挿絵は、少ない点数ながら物語の一部を切り取り、絵画的な迫力というより付随的なイメージを読者に提供している。しかし、描き込みを抑えた達者な墨線はどこか品があり洒脱な味わいを残す。残念ながら絵師は特定に至っていない。

庭鐘の「古今奇談」がつく作品は、『英草紙』に続いて、1766（明和3）年に『繁野話《しげしげやわ》』（9編）が、1786（天明6）年に『莠句冊《ひつじぐさ》』（9編）が刊行された。庭鐘の知的で深みのある前期読本に影響を受けた作家があとに続くことになる。

第六話　三人の妓女趣を異にして各名を成す話

迎えて終わる。挿絵は、侠気をもった男勝りの三女・鄙路が、悪賢い渡し守の勘平に切りつけるところ。「義」を全うしようとする女の顔に対して、命乞いをする男の顔が実に情けない。勘平を殺した鄙路は、その夜から行方知れずとなる。後に、この３人の話をする尼が京都の北山に住んでいたと続き、もはや探り知ることはできない、と余韻を残しつつ話を終える。

本文は「老いたると若きと、貴きと賤しきと、男と女と、互いに其の志の相反すること、言古《ことふ》りたれども、再び是を説かん」からはじまる。この第6話は、遊女となった3姉妹が登場。性格や生き方が異なる、長女の都産《みやづと》、次女の檜垣《ひがき》、三女の鄙路《ひなぢ》が織りなす男と女の愛憎劇が長女から順に展開していく。ただし3人ともハッピーエンドとはいかない。長女、次女の話は、共に死を

『本朝水滸伝』

『水滸伝』を最初に翻案。想像の翼を自由に羽ばたかせた長編作

本作の著者は建部《たけべ》綾足《あやたり》。綾足は家柄の良い陸奥国弘前藩家老の次男として生まれた。しかし、20歳になると人生が大きく狂う。兄嫁と相思相愛の関係になり大騒動を起こしたのである。綾足は、武士を捨てて出奔。諸国を巡り歩き、俳人、画家となり、賀茂真淵に入門して国学者にもなった。

多才で知られ著作の多い綾足は、40代の終わり頃、都賀庭鐘の影響を受けて読本の執筆にチャレンジする。実際に起きた悲恋として話題となった京都の源太騒動をもとに『西山物語』を書き上げ、1768（明和5）年に刊行（3巻3冊）。その年、綾足は50歳となった。庭鐘の第2作『繁野話《しげしげやわ》』の刊行はこの2年前である。『西山物語』は、読本の萌芽期を代表する前期読本の秀作となった。

本作『本朝水滸伝』は、中国の『水滸伝』を最初に翻案した作品として知られる。庭鐘の短編集とは異なり、延々と何冊も続いていく大長編であり、後期読本の先鞭をつけた作ともいえる。

本作の前編（10巻9冊）は、1773（安永2）年に刊行された。綾足は後編（15巻15冊）も書いていたが、出版には至らず写本のみが残された。実はその続きも構想されていたのだが、綾足は前編刊行の翌年に死去したため未完となった。

時代設定を奈良期においた本作には、実在の人物が多数登場する。壮大な展開に圧倒されるが、奔放に想像の翼が広がり史実のこだわりはみられない。曲亭馬琴は綾足の影響を受けている。

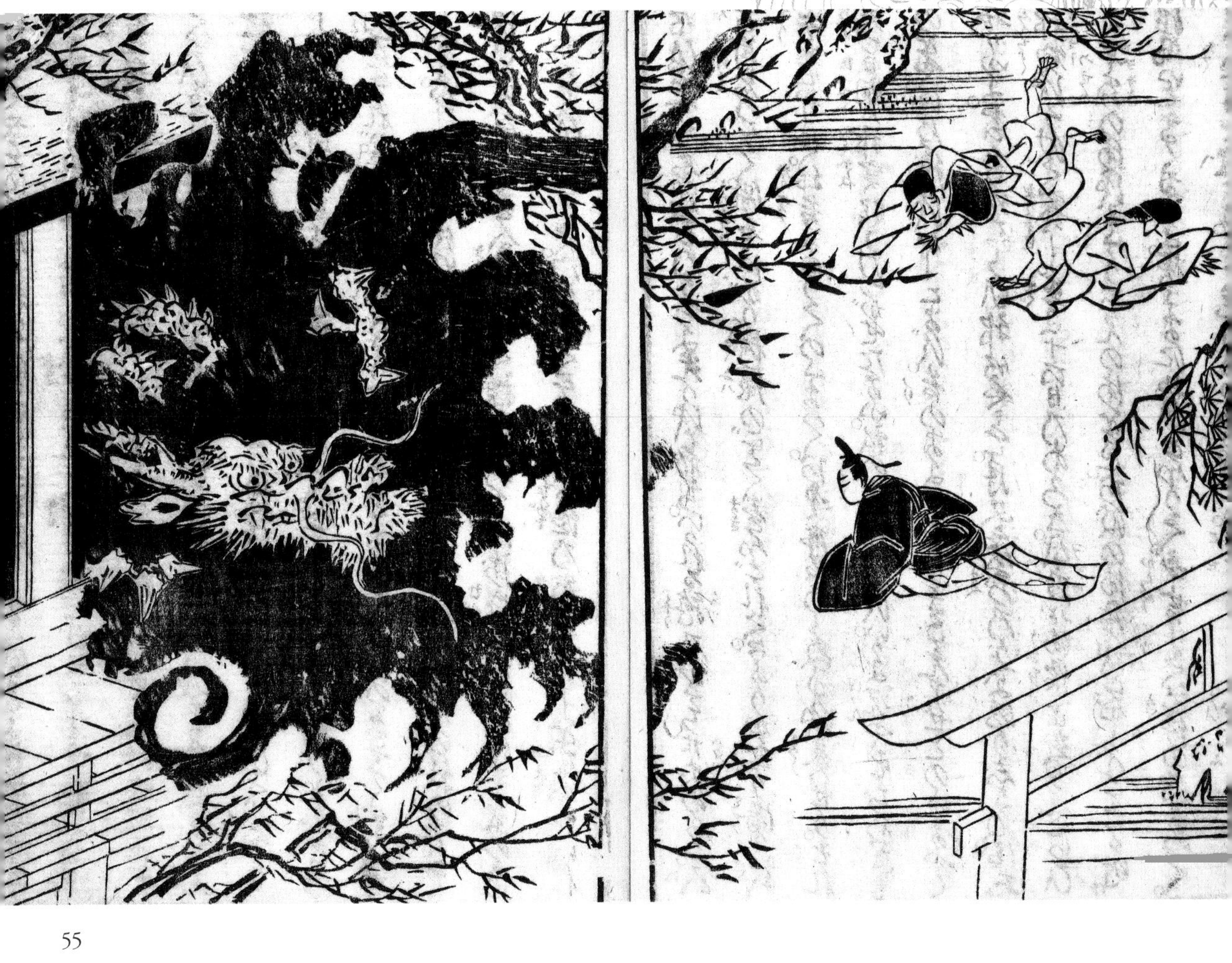

九つの怪異短編が織りなす前期読本不朽の名作。著者は上田秋成

『雨月物語』

著者は上田秋成。秋成は、作家、俳人、歌人、国学者、茶人であり、一時期ではあるが医者にもなった。本作は秋成が初めて書いた読本である。

『雨月物語』は全5巻5冊で、その中に9編の短編小説が収められている。これは都賀庭鐘の『英草紙』と同じ巻構成で、物語も中国の白話小説を参考にしている。秋成は医者を目指したとき、庭鐘に師事したとも伝わる。読本の先駆者である庭鐘の影響を強く受けて本作が書かれたことは間違いない。

刊行後は、物語としての普遍的な面白さ、完成度の高さにおいて、重厚ではあるがやや生真面目な教えも垣間見える庭鐘の作品を凌駕する高評価を得た。現在の知名度は『雨月物語』が圧倒的に上回る。怖いが続きをぐいぐい読ませる本作は不朽の名作として今も読み継がれている。

9編はいずれも怪異小説のジャンルに入る。どの話も粒ぞろいの珠玉作で、読者を悪夢のような幻想世界に引きずり込む。秋成は虚仮《こけ》威《おど》しの怪異譚には終わらせず、登場人物の内面に深く分け入り精神的な怖さを描く。不可思議な怪異現象は、極限状態に置かれた人間の苦悩やあがきを描くために用いられる。そこからは、人の欲、男女の性、執着心、計り知れない心の闇があぶり出される。物語のもとには、秋成の不遇な生い立ちやその後の知識人としての生き方がある。

秋成は大坂に生まれた。4歳のとき堂島の紙・油を商う家にもらわれ養子となる。その翌年、疱瘡にかかり、危うく命を落としそうになった。青年時代は放蕩生活を送るが、俳諧に目覚め書を読み漁る。27歳で結婚。養父死後、店を継ぐも商売には向かず切り盛りできなかった。秋成は浮世草子の作品を書いて1766（明和3）年とその翌年に続けて刊行した。その後、前述の通り庭鐘の読本に触発され『雨月物語』を書き上げたが、刊行されたのは脱稿から8年後の1776（安永5）年だった。その間、漢学、国学、医学を学びながら、念入りに推敲を重ねたようだ。晩年に著した読本『春雨物語』も名作として知られる。

蛇性《じゃせい》の婬《いん》

紀伊国で財を成した網元の三男として生まれた豊雄は、働く気のない厄介者だった。ある日、漁師の家で雨宿りをしていると、ひどく雨に濡れた美しい女性（真女児《まなご》）が少女（まろや）と入ってきた。雨が小やみになると、豊雄は持っていた傘を真女児に貸し、自分は蓑と笠を借りて家に帰った。翌朝、傘を返してもらおうと真女児の家を訪ねると、まろやに会う。豊雄は座敷に招かれて真女児に酒肴のもてなしを受けた。美酒に酔い夢心地に浸る豊雄。ところが真女児は、蛇《おろち》（邪神の大蛇）の化身だった……。上の絵は、老人に真女児が邪神であることを見抜かれた瞬間。右の絵は、豊雄の前で別の娘に乗り移った真女児が蛇の正体を現すところ。

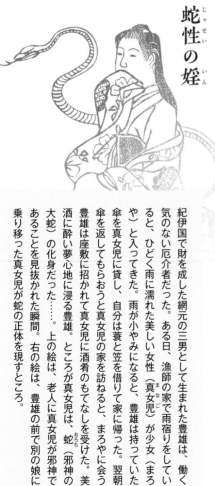

青《あを》頭《づ》巾《きん》

下野国《しもつけのくに》の富田という里の山に寺があった。その寺の徳の高い住職は、あるとき越国《こしのくに》へ行き、13歳くらいの童子を連れて帰り、身のまわりの世話をさせた。童子は美少年だったので住職は寵愛したが、病に倒れ亡くなってしまった。嘆き悲しんだ住職は、土に葬ることもしないで死体と数日過ごし、ついに発狂。遺体が腐るのを惜しみ、屍肉を食い尽くしてしまった。寺にいた人たちは「住職が鬼になった」と逃げ出す。その後住職は、夜な夜な里に下り住民を襲い、墓をあばいて屍肉をくらうようになった。そんな富田の里に、ふらりと旅人がやってきた。その人は快庵禅師という聖僧《しょうそう》で、住民からその話を聞くと、鬼と化した住職の教化《きょうけ》を行い、日々恐怖におののく住民を救おうと決意する……。この絵は、鬼となった住職が山を下り、2人の里人を追いかけているところ。

岡田玉山の劇画風挿絵が９００点近くも楽しめる、秀吉の天下取り物語

『絵本太閤記』

江戸時代前期における文学の中心は上方（京都・大坂）だった。中期になると江戸で書き手が増え、創作や出版の中心が上方から江戸へ移っていく。文運東漸が顕著となるのは、宝暦・明和・安永・天明（１７５１～１７８９）あたりである。

江戸ではこの頃、武士や上層町人らによる黄表紙などの新しい文芸が活発化。上方生まれの浮世草子は勢いを失い、上方で「雅」からはじまった読本は、江戸の文人たちにも影響を与えながら、大衆も楽しめる「俗」へと向かっていく。

上方の板元は劣勢となったが、手をこまねいていたわけではない。売れ線を狙った新作刊行事業を持続すべく、あの手この手を考える。読者層を広げるため「雅」より「俗」の割合を増やすべきではないか、そのためには婦女子も読める平易な文とし、挿絵を増やしてはどうか、続きが読みたくなる大長編を企画し刊行冊数を増やしてはどうか、等々……。大坂で制作された本作は、こうした条件をクリアし、予算をかけた大型企画として出版。大衆に受け入れられ大ヒットした。

本作の主人公は豊臣秀吉である。庶民に人気があった秀吉の天下取り物語の通俗化を打ち出したことも大ヒットの要因だろう。

本文は『太閤真顕記《しんけんき》』を主な原作として、大坂の文人・竹内確斎が執筆した。初編12冊が１７９７（寛政９）年に刊行され人気を博し、５年後の１８０２（享和２）年に刊行された最終７編12冊で完結をみた。各編すべて12冊、計84冊が積み上がる堂々たるボリュームとなった。

挿絵はタイトルの頭に「絵本」とつけただけあり、従来の読本と比べると格段に多い。文の総頁数に近い頁数を挿絵が占めている。そのすべてを大坂の絵師・岡田玉山が担当。玉山は躍動感溢れる見開きの挿絵を９００点近くも描いた。その中から７点を選んでここに並べてみると（本書63頁まで）、劇画の原点を見るような思いにかられる。玉山の挿絵は、江戸の山東京伝や葛飾北斎、歌川国芳らに多大な影響をあたえた。

しかし本作は、あまりの好評ゆえに幕府から目をつけられ、１８０４（文化元）年に絶版を命じられてしまう。それから50数年を経た幕末の１８５９（安政６）年に、ようやく再版の許可がおりた。

藤吉郎《とうきちろう》 初陣《ういじん》高名《こうめい》

藤吉郎 普請奉行《ふしんぶぎやう》

今川義元《いまがはよしもと》 討死《うちじに》

義昭《よしあき》公《こう》将軍《しやうぐん》宣下《せんげ》 信長《のぶなが》卿《きやう》任官《にんくはん》

信長 比叡山《ひゑいざん》を焼《や》く

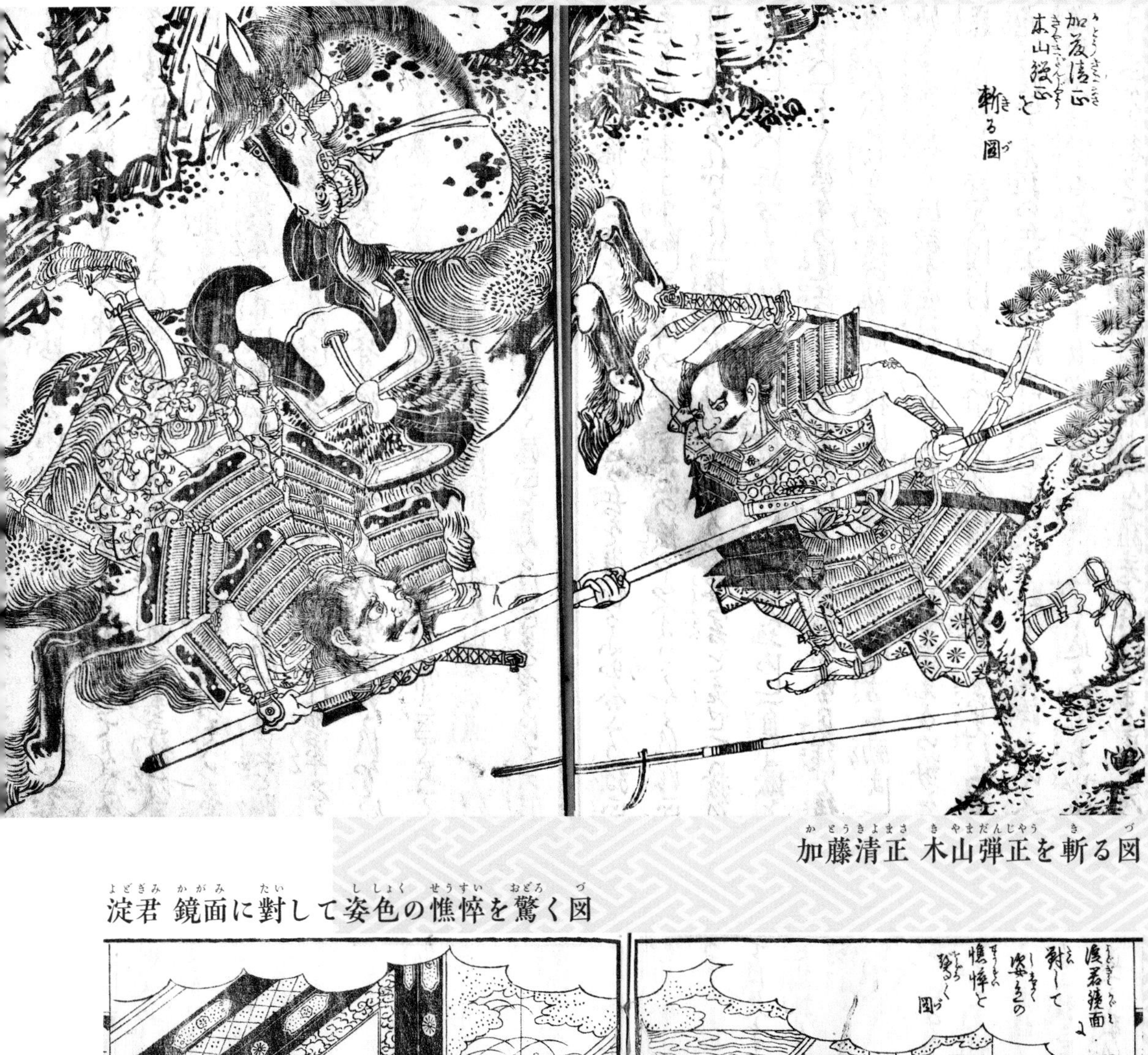

加藤清正《かとうきよまさ》 木山弾正《きやまだんじやう》を斬《き》る図《づ》

淀君《よどぎみ》 鏡《かがみ》面に對《たい》して姿色《ししょく》の憔悴《せうすい》を驚《おどろ》く図《づ》

江戸で新時代を切り開いた後期読本の第1作目。著者は山東京伝

『忠臣水滸伝』

江戸で刊行された本作は全10冊。前編と後編から成る。前編の5巻5冊は、前頁で紹介した『絵本太閤記』の初編刊行から2年後となる1799(寛政11)年に刊行された。後編の5巻5冊は1801(享和元)年に刊行された。本作は、江戸読本の新時代を切り開いた重要作である。

著者は江戸の町人であり、すでに流行作家として名を馳せていた山東京伝。この頃の江戸には書き手が増えて、作品の質や作家性を競い合う時代に突入。京伝はその先頭グループで走っていた。

山東京伝は、質屋の長男として江戸の深川に生まれた。弟は山東京山(96〜101頁参照)である。画才に恵まれた京伝は浮世絵師の北尾重政に学び、北尾政演《まさのぶ》の名で版本の挿絵などを描くようになる。その後は文才を発揮し、黄表紙や洒落本の作者として活躍していく。しかし京伝は、1791(寛政3)年、寛政の改革により著書の洒落本が発禁となり、手鎖50日の刑を受けてしまう。傷心した京伝は幕府の目を恐れるようになり、その後は筆禍を避ける創作を模索していく。

京伝が読本という新たな活路を見いだし、成功させた著書が本作である。『忠臣水滸伝』は京伝が初めて著した読本で、挿絵は北尾重政が描いた。本作はこのジャンルの潮流を変える作品となった。そこにはマルチな才能を持った京伝の、卓越した創作力と稀代のアイディアマンぶりがみてとれる。

『忠臣水滸伝』は人形浄瑠璃や歌舞伎で上演された『仮名手本忠臣蔵』と、中国の長編白話小説『水滸伝』を綯い交ぜにした作品で、刊行直後から大評判となった。以後、読本は仇討ち物が流行していく。本のスタイルも気が利いていた。大本よりやや小さい半紙本サイズを採用。巻頭を口絵で飾り、登場する重要人物を見栄えよく紹介しておくことで長編の複雑な話を読みやすくした。

読本の新たな典型を示した本作は、ほかの作家に影響をあたえ、江戸の読本ブームに火をつけた。エポックメーキングな作となったことから、本作以前を『前期読本』、本作以降を『後期読本』と呼ぶようになった。

前

複数の怨念が渦巻く馬琴の累物《かさね》。北斎の挿絵は妖美を湛え絶品揃い

『新《しん》累《かさね》解《げ》脱《だつ》物語』

夫に殺された累《かさね》は怨霊となり一族に祟った。その怨霊を成仏させたのは祐天上人だった……。下総国の羽生村に伝わる累ケ淵《かさねがふち》の説話をもとに馬琴は新たな物語を構築した。左は口絵の絵で、北斎は物語の一部を象徴するイメージ画とした。田糸姫の怨霊が立ち上がる波のように表現されている。下の絵は、夫から酷い仕打ちを受け川岸に佇む珠雞《すけ》。燃えさかる怨みは、心火《しんか》からわかる。

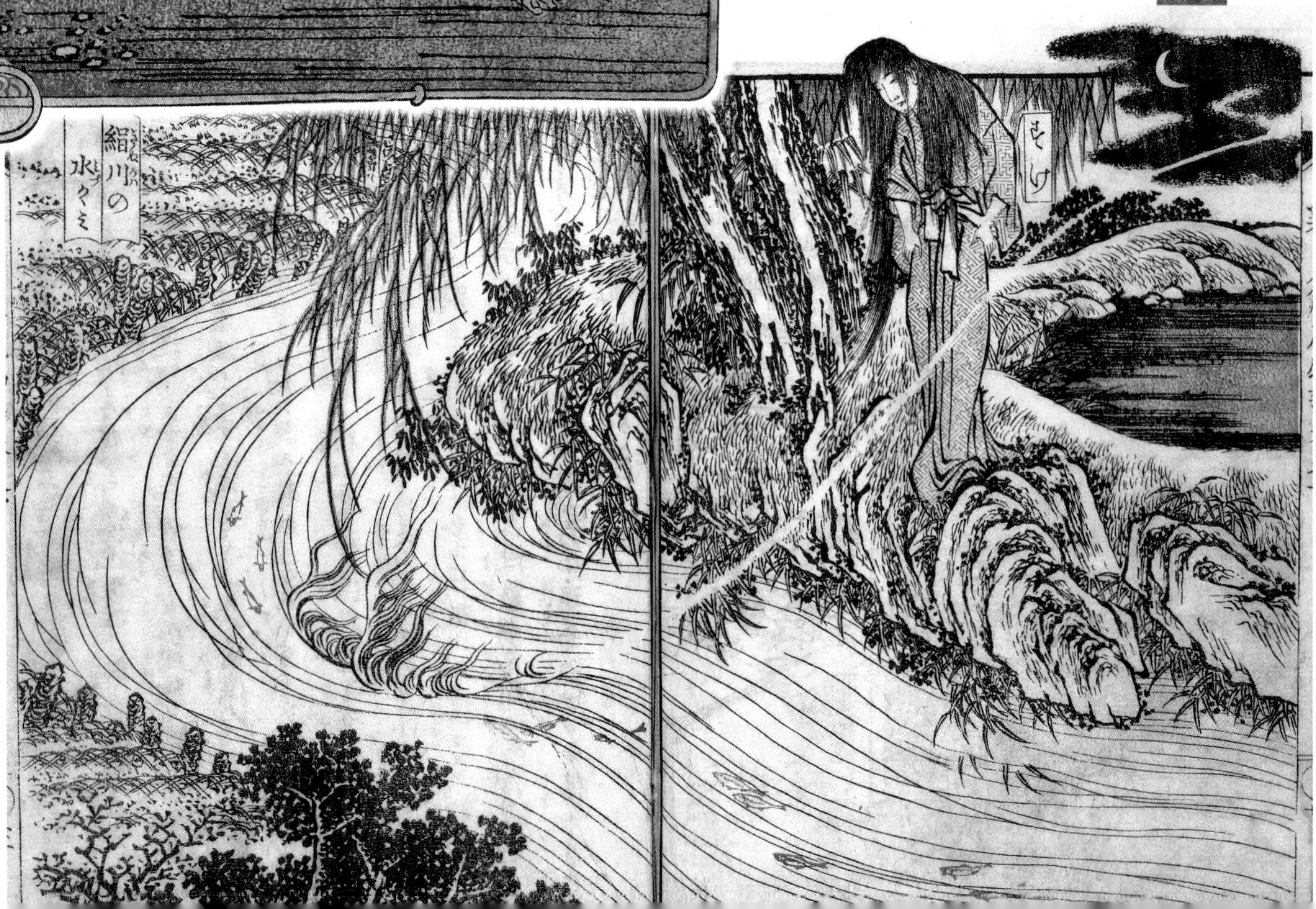

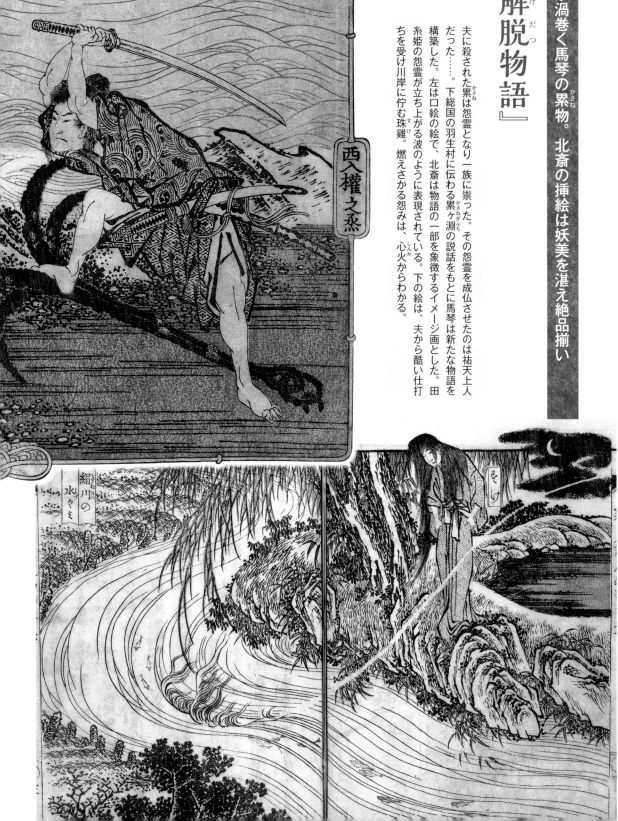

『忠臣水滸伝』(前頁参照)の好評に気をよくした山東京伝は、読本の執筆に本腰を入れ、『安積沼《あさかのぬま》』や『優曇華《うどんげ》物語』、『善知安方忠義伝《うとうやすかたちゅうぎでん》』などの長編作を刊行。本作の著者である曲亭馬琴も、自身に向いた最も力を注ぐべき仕事と位置づけ、読本の長編作に挑んでいく。文化年間(1804〜18)は、この2人を中心に、後期読本の一大ブームが江戸に巻き起こった。

しかしこの間に、馬琴の読本が京伝作を上まわる高評価を得ていく。馬琴が『椿説弓張月』(第1章参照)の出版を成功させ、読み応えのある雅俗混淆の長編作を次々世に送り出すと、読本作家の第一人者として世間に認められるようになる。馬琴がライフワークともいえる『南総里見八犬伝』(第2章参照)の刊行をはじめた頃、敗色濃厚と判断した京伝は読本に見切りをつけ、執筆の主軸を合巻や考証随筆などに移していった。

読本の挿絵では、馬琴と一時期コンビを組んだ葛飾北斎が先頭を走っていた。文主体の刊行が多い現在の小説本と違い、当時の読本には見開きで

挿入される挿絵が不可欠だった。挿絵はあらゆる層の読者を視覚的に素早く引き込む重要な役割を担っていたので、挿絵の出来映えにより、売れ行きや貸本の回転数に差が出た。板元や読本作家がどの絵師と組むのかは、相性や作品理解を含む信頼関係、予算(画料)、作品評価にまで関わる重要事項だったのである。

当然、実力のある絵師に声がかけられたが、北斎は質の高さと人気で突出していた。ここからは北斎の挿絵世界に浸れる3作をご紹介したい。

『新累解脱物語』は5巻5冊。著者は曲亭馬琴で、1807年(文化4)年正月に刊行された。馬琴の代表作『椿説弓張月』の前編6巻6冊も北斎が挿絵を担当して同年正月に刊行されている。

この頃は、馬琴と北斎のコンビ作が多い。前年には、北斎が馬琴の家におよそ4か月も滞在している。本作は、天才2人が切磋琢磨した時期の力作である。

特筆すべきは、江戸の板元ではなく大坂の河内屋太助という板元から刊行されたことだ。馬琴は1802(享和2)年に上方まで旅に出ている。そのとき大坂でこの板元と知り合った。その縁で河内屋太助から馬琴に執筆依頼されたのである。累ヶ淵の説話に関する書が馬琴に渡され、それをもとに本作が創作された。北斎は怨念渦巻く馬琴版の累物を読み込み、薄墨を効果的に使って重厚な挿絵に仕上げた。

夢路《ゆめぢ》のうたへ

新累解脱物語

と側室・苧績《おうみ》の悪だくみであった。これを聞いた正胤は、苧績を故郷の羽生村に返した。苧績に怨みを抱いて羽生村に暮らしていた与右衛門は、これを知り殺害を計るが、誤って妻の累を斬り殺してしまう。難を逃れた苧績は、しぶとく与右衛門の妻となり、さくという一女をもうける。怨霊となった者たちは、黙ってはいない……。馬琴は、物語の根底に仏教的な理念である因果応報と輪廻転生を据え、各人の怨念が複雑に交差する物語を丹念に組み上げ、重層構造をもつ怪異譚とした。

左の男は、石浜城主の千葉正胤《まさたね》。この挿絵は、正胤の夢の中に、刺殺した山梨印幡《いんば》の霊が現れた場面である。正胤の枕元に座る印幡を、北斎は骸骨の姿にした。右上に「夢路のうたへ」とあるが、「正胤の夢の中に現れた印幡の訴え」という意味である。ほぼ頭蓋骨に見える印幡の頭部は哀れだが、弱々しくも怒りを湛えた眼差しを主君の正胤に向ける。北斎が細筆で描いたその目からは、事の真相を告げずにはおれぬという印幡の悲壮な思いが切々と伝わってくる。その訴えとは、正胤の家臣・西入権之丞の悪行

藻《も》にすむ虫《むし》

象と苧績の凄惨なシーンを見開き１枚に叩きこむ。妖気に満ちた濃厚な線画処理は見事で、障子の異様な影に至るまで神経が行き届いている。詰めこみ過ぎの嫌いもあるが、計算された緻密な絵づくりの果てに際限なく突き抜けていく過剰なサービス精神こそが、北斎流読本挿絵の真骨頂といえる。

怨霊となった累、珠雞《すけ》、田糸姫、山梨印幡《いんば》らは、与右衛門と苧績《おうみ》の娘・さくの膝に恐ろしい人面瘡を生じさせた。里人たちは百万遍の供養を行ってくれたが、暴れ狂う怨霊たちは数珠を蛇に変え、人面瘡から毒気を吹き出させる。与右衛門には里人の顔が累に見え、苧績は狂い死ぬ……。北斎は俯瞰のアングルから、複数の怪奇現

心情描写に優れた作。北斎の挿絵が躍動

『小栗外伝』

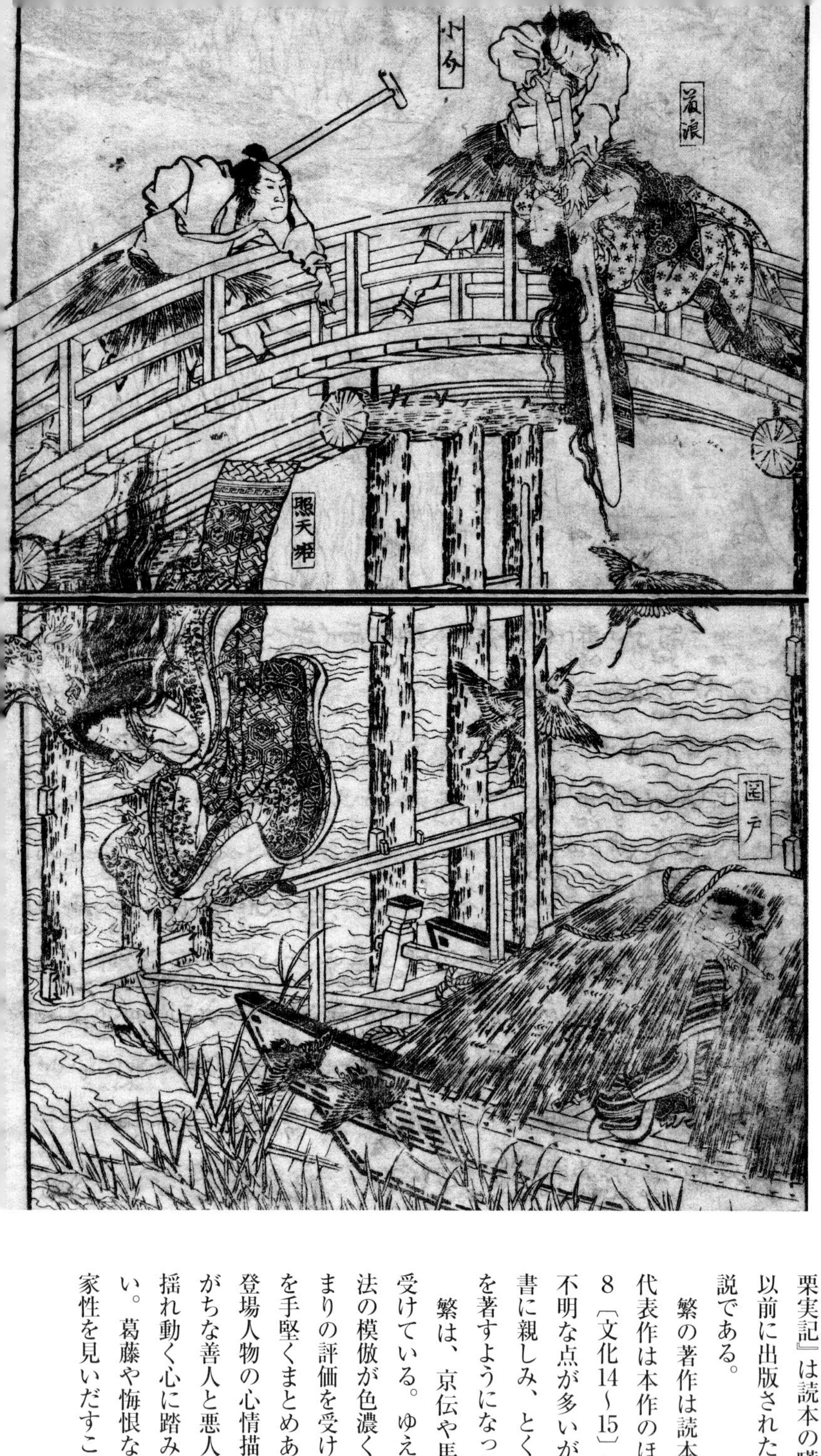

葛飾北斎が組んだ読本作家は、曲亭馬琴だけではない。本作の著者は、武士の小枝繁《さえだしげる》である。角書《つのがき》に「寒燈夜話《かんとうやわ》」と入ることから『寒燈夜話小栗外伝』をタイトルとすることもある。

この『小栗外伝』は半紙本の長編で、全15冊に掲載されたすべての挿絵を北斎が描いている。読本は作者自身の手で下絵が描かれることが多いが、本作ではその縛りが弱いのか、北斎が得意とする劇画的な躍動表現が全開している。絵師の解釈が優先された自由度の高さが感じられるのだ。

初編6巻6冊が1813（文化10）正月に刊行され、二編4巻4冊が翌年の正月に、三編5巻5冊がその翌年の正月に刊行された。

本作は小栗助重《おぐりすけしげ》（小栗判官）と照手姫《てるてのひめ》の説話をもとにした史伝で、仮作軍記『小栗実記』（1735〔享保20〕年刊・全12冊）を粉本《ふんぽん》としている。『小栗実記』は読本の嚆矢とされる『英草子《はなぶさぞうし》』（51頁参照）以前に出版された本で、いわば読本前史の長編小説である。

繁の著作は読本が多く、著書の大半を占める。代表作は本作のほか『景清外伝』（1817〜18〔文化14〜15〕年刊・全15冊）がある。来歴は不明な点が多いが、撃剣《げつけん》や鎗術《そうじゆつ》に長けた武士で、書に親しみ、とくに和漢の小説を好み、自ら読本を著すようになったという。

繁は、京伝や馬琴が著した読本の影響を強く受けている。ゆえに繁の著作には、2人の創作手法の模倣が色濃くみられる。その点で中堅作家どまりの評価を受けやすいのだが、複雑な長編読本を手堅くまとめあげる手腕はなかなかのものである。登場人物の心情描写も丁寧だ。勧善懲悪物にありがちな善人と悪人の二極化にとらわれず、各人の揺れ動く心に踏みこむ。人はそもそも単純ではない。葛藤や悔恨などの人間らしい描写に、繁の作家性を見いだすことができる。

筑波山《つくはさん》の麓《ふもと》に助重《すけしげ》 風間兄弟《かさまけうたい》を伏《ふく》す

小太郎不図《はからず》 女主を救《すく》ふ

万長《まんてう》 照天姫《てるてのひめ》を説《とひ》て火坑《くわこう》に沈《しつめ》んとす

照手姫《てるてのひめ》は瀬戸橋から身を投げた（72頁挿絵）。人買いの美登《みと》小四郎に助けられたが、小四郎は照手姫を人買いの小鷹《こたか》に売ってしまう。その後、小四郎は照手姫が主君だったことを知り自害する。小鷹は照手姫を美濃国青墓宿《あおはかのしゆく》の万長《まんちよう》に売り渡す。万長は美人の照手姫を自分の宿の遊女にしようとする。照手姫は必死に固辞。しぶしぶ万長は照手姫を下女にして無理難題を言い渡す……。さて、どうする照手姫、といった緊迫シーンなのだが、北斎は照手姫の苦しい状況を安易に描かない。青墓宿で遊女を抱えて大いに栄える万長の豪華な宿の日常をあえて見せるのだ。遠近法を用いて、これでもかと奥行き感を出したこの挿絵からは、遊び心と挑戦的な北斎の試みが感じられる。各人の自然な動作を立版古《たてばんこ》のように立体的に見せる力業に感嘆せざるを得ない。宿屋の日常風景も、北斎が描くとここまでドラマチックになる。で、照手姫の運命や如何に……。「火杭《かきよう》」は仏教用語で、「地獄にある火の穴」といった意味である。

万長照天《まんてうてるての》
姫《ひめ》を誂《とひ》て
火坑《くわこう》に
沈《しづめ》んと
そ

釈迦の生涯を描いた読本。挿絵では86歳の北斎が驚異の筆致を披露

『釈迦御一代記図会《ずえ》』

葛飾北斎が読本の挿絵に傾注したのは文化年間（1804〜18）である。この時期と重なるように江戸で後期読本の一大ブームが巻き起こった。北斎はおよそ190冊の読本挿絵を引き受け、描き上げた見開き絵の総数は1000点を超える。

読本における北斎の凄さは量のみにとどまらない。質的にも群を抜いていた。自身の作品解釈を加味した独創性に富む線画は革新的であり、ほかの絵師たちに衝撃と多大な影響を与えた。文化元年に45歳を迎えた北斎は、50代後半まで読本の挿絵にのめりこみ、絵師の立場で江戸の後期読本ブームを牽引した。

しかし頻繁にコンビを組んでいた馬琴とは、文化9年ごろに決別してしまう。2人はお互いの才能を認め合いながらも我が道を行く頑固者だった。馬琴の絵の指示に北斎が猛反発してコンビ解消に至ったという喧嘩別れ説が今日まで流布している。馬琴の代表作『南総里見八犬伝』初編がほかの絵師と組んで刊行された1814（文化11）年に、北斎は世界的に知られるようになる絵手本『北斎漫画』を名古屋の板元から出版した。北斎は次第に読本界から遠ざかり、絵手本や『富嶽三十六景』などの錦絵へと画業の軸足を移していく。

6巻6冊の本作は、北斎が晩年に手がけた読本の挿絵である。1845（弘化2）年に刊行。この年、北斎は86歳を迎えた。絵はご覧の通り尋常ならざる迫力があり、見開き頁を縦にして鬼を描くなど、枯れるどころかむしろ攻めている。大本という大型サイズに計35点を提供。

内容はタイトルが示すように釈迦の生涯をテーマとし、全55話で綴った仏伝である。編者の山田意斎《いさい》は大坂の人で、浄瑠璃や読本作家として知られる。意斎は本作刊行の翌年に59歳で死去した。

掲載された35点の挿絵は、それまでの仏伝画にはない北斎流ダイナミズムに満ちている。仏伝書、読本の枠を超えた線画墨1色の極みを示した版本挿絵といえる。

悉達《しった》太子《たいし》（釈迦）が山で修行をしていると、「諸行《しょぎょう》無常《むじょう》 是生滅法《ぜしょうめっぽう》」と唱える声が聞こえてきた。声の先に行ってみると八面九足の鬼が出現。太子は「あとの句を聞かせてほしい」と願う。鬼は「お前を食わせてくれたら」という。太子は鬼の口の中に飛びこむ。鬼は、毘《び》盧《る》遮那《しゃな》仏《ぶつ》だった……。

如来三冥土《にょらいさんめいど》を示《しめ》し給ふ図

光明降り注ぐ極楽浄土を右頁に、地獄を左頁に描いている。地獄は16あり、それぞれ8つの小地獄に別れている。そこには苦しむ罪人と鬼がいる。2人の罪人は、この後釈尊により救われる。上の鬼は、地獄の火に徳利を吊り下げ燗をつけている。北斎は地獄絵にユーモアを共存させた。

八面九足の霊鬼
悉達太子を試て四句の偈を授る圖

八面《はちめん》九足《くそく》の霊鬼《れいき》 悉達太子《しつたたいし》を試《ため》して四句《しく》の偈《げ》を授《さず》る圖

暴悪《ばうあく》を罰《ばつ》して天雷流離王《てんらいりうりわう》が王宮《わうきう》を焼君臣《やきくんしん》を撃殺《うちころ》す図《づ》

が焼き尽くす。北斎は、悪が罰せられる光景を独自解釈で描く。霊獣に乗った雷神のいかつい形相と、暗黒の世界へ吸い込まれるように渦巻く破壊シーンが凄まじい。

暴悪の王らが酒池肉林に耽っていると、突如として暗雲がわき起こり暴風雨に見舞われた。皆、我先に逃げ惑うが、百千の雷《いかづち》が落ち、ひとり残らず打たれる。宮殿も天火

第4章

合巻《ごうかん》はコマ割りのないマンガなのか

『修紫田舎源氏』
『鬼児島名誉仇討』
『朧月猫草紙』

柳亭種彦（作）と歌川国貞（画）の名コンビが放った合巻の最高傑作
『修紫田舎源氏《にせむらさきいなかげんじ》』

読本は「雅」を重んじる高尚な読み物として上方からはじまった。その後、雅俗混淆の江戸読本ブームが巻き起こり、同時期に合巻も流行した。第4章では、合巻最大のベストセラー『修紫田舎源氏』を中心に、ほかの2作と合わせて紹介したい。

さて、合巻とはどのような本を指すのか。合巻は読本と同じく長編の読み物ではあるが、本文と挿絵の頁が分かれる読本とは形式的に異なる。

合巻は赤本からはじまった草双紙（104頁でも解説）のひとつである。草双紙は、上の見開き頁のように絵が全面に入り、隙間に本文や登場人物のセリフを埋め込む形式をとる。文と絵が渾然一体となって物語が展開するので大人向けの絵本といえるが、よりマンガに近いともいえる。コマ割りこそないが、墨1色の線画からはマンガや劇画のルーツを思わせる。

では、合巻と他の草双紙の違いはどこにあるのか。合巻はその名の通り「合わせる巻」である。従来の草双紙は5丁（1丁を折ると2頁になる）で1冊だったが、長編が企画されると数冊を綴じ合わせる合《がっ》綴《てつ》スタイルが考案された。その後、本作のように合綴しても完結に至らない大長編も出版されていった

↑→ 主人公の足利光氏《みつうじ》

錦絵 1852（嘉永5）年刊。『偐紫田舎源氏』より「まだうらわかきうくひすの声」。『源氏物語』の光源氏にあたる美貌の貴公子が、本作の主人公・足利光氏である。光氏の人気は凄まじく、錦絵が多数出版され、歌舞伎にもなった。

が、これも含めて合巻と呼ばれる。サイズは大本の読本より小さい中本が基本である。

合巻は常に見開き頁全面に広がる絵から物語に入りこめるので、読本より「俗」の割合が高い。娯楽要素の強い読み物として幅広い層に受け入れられ、江戸時代後期に多数の新作が出版された。

本作の『偐紫田舎源氏』は、合巻の最高傑作であり、最大のヒット作である。作者は旗本の柳亭種彦で、すでに読本や合巻などを著していた。絵は歌川国貞が担当。『源氏物語』を翻案した本作の初編が1829（文政12）年正月に刊行されると、瞬く間に人気沸騰。同年9月には早くも2編、3編が出た。以後、1842（天保13）年までに38編が刊行されたが、天保の改革により絶版が命じられ、未完に終わった。

光氏ワールドを創った柳亭種彦

将軍足利義正と愛妾花桐《あいしょうはなぎり》のあいだに生まれた次《じ》郎君《ろうのきみ》は、13歳になると父から光氏《みつうじ》と名乗るように告げられた……。本作は、時代を『源氏物語』の平安から室町へと移している。

光氏の父・足利義正は、室町幕府第8代将軍足利義政をもとに設定された重要人物である。本作は『源氏物語』の翻案とはいえ、美女と次々交わる光氏の好色遍歴にとどまらず、室町時代のお家騒動、3種の宝物の奪い合いなどを巧みに組み入れ、大衆受けを意識した奔放で複雑なストーリーが展開する。しかも波瀾万丈な物語に終始することなく、読本に引けをとらない知的要素や歌舞伎趣向などもちりばめている。『偐紫田舎源氏』は、「にせ」と題につけながらも品格と優美さを湛え、『源氏物語』の模倣を超越した面白くて質の高い長編合巻作となった。そこには作者・柳亭種彦の、類い希な学芸吸収力と文才が認められる。

作者の柳亭種彦は、二百俵取り旗本の家に生まれ、教養を身につけて家督を継いだ。家格は中流の下といった程度である。泰平の世に育った種彦は、歌舞伎好きで学芸に親しみ、狂歌三大家のひとりといわれる唐衣橘洲《からころもきっしゅう》の門人にもなっている。俳諧、漢画も学んだ種彦は、元禄期の近松門左衛門にも心酔。戯作に興味を抱き、読本の執筆をはじめた。山東京伝と曲亭馬琴の読本を手本に書いた読本作品は次々刊行されたが、評判はどれも芳しくなかった。種彦は読本に見切りをつけ、合巻の執筆に専念する。自分には絵心があり、大衆向けが性に合うと感じたからである。また、読本の多くは中国趣味だが、自分は日本の古典や歌舞伎を材に勝負してみようとも考えた。

この転換は見事当たり、種彦の合巻は好評を博す。なかでも歌舞伎舞台をまるごと合巻化したような『正本製《しょうほんじたて》』（1815〜31〔文化12〜天保2〕年刊・全12編69冊）は、人気絵師の歌川国貞と組んで大ヒットとなった。そして1829（文政12）年から、空前のベストセラーとなる本作の刊行がはじまるのである。絵は本作でも国貞が担当。ともに歌舞伎通で馬が合ったようだ。国貞は

種彦の抒情性をすくい取り、耽美的な絵を描いた。

しかし14年後の1842（天保13）、天保の改革により本作は絶版処分を受けた。将軍徳川家斉や大奥の生活を物語に取り入れたと疑いをかけられたのである。種彦は処分を受けた1か月後に没した。病死と切腹の2説が今日まで伝わっている。

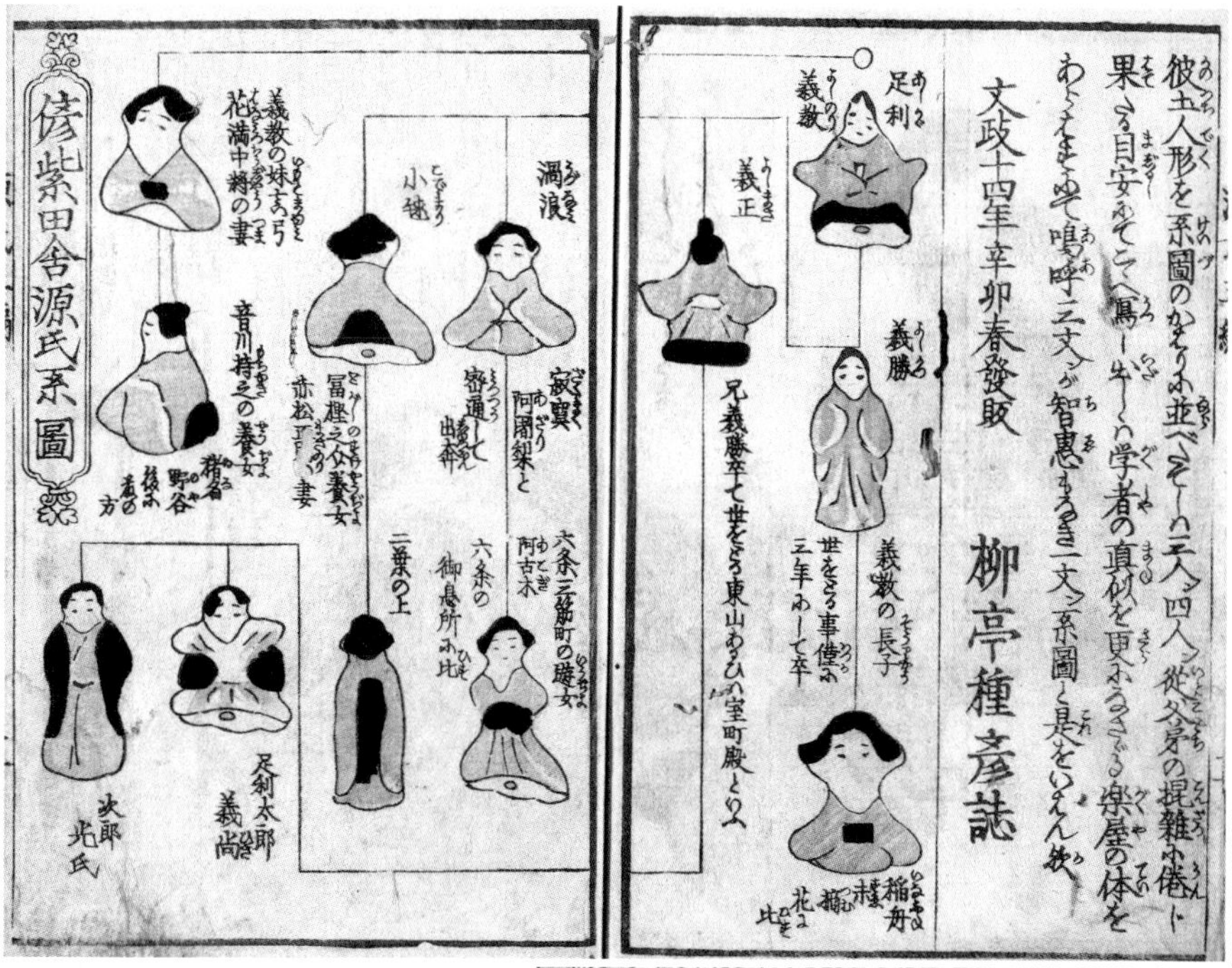

第5編の巻頭に掲載された「修紫田舎源氏系図」。重要人物を土人形にして図式化している。種彦は、ただの系図では見る人なしと考え、机の上に土人形を並べ、それを見ながら紙上に写したと書いている。読者を飽きさせない種彦流サービス精神の一端がうかがえる。

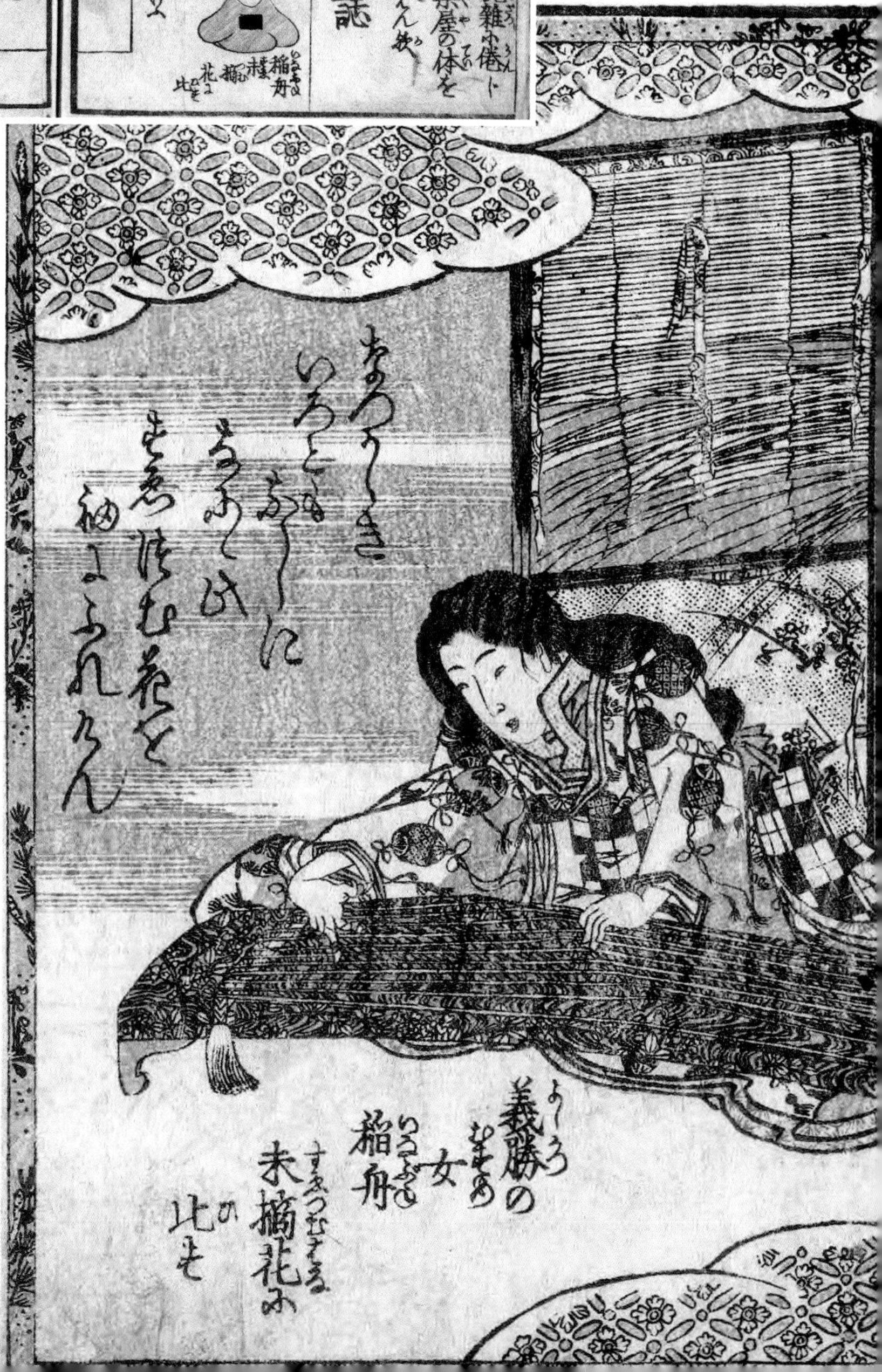

光氏は架空の人物ながらアイドル的存在となった。当時の江戸庶民は、本家の光源氏を知らない人も、光氏は知っていたようだ。琴を爪弾く美女は稲船《いなぶね》（＝末摘花《すゑつむはな》）。足利義正（光氏の父）の兄・義勝の娘である。4人とも上の系図で確認できる。美貌の光氏はあまたの美女と出会い、お家騒動に巻き込まれて奮闘するのである。

一体化する画と文

合巻や読本は、文と絵をセットにして制作されていた。絵は決して疎かにされず、大半は名のある浮世絵師が請け負った。絵が売れ行きに影響を及ぼすほど重要だったのだ。本作の成功も、膨大な絵のすべてを担当した歌川国貞の功績がとても大きい。ただし読本や合巻の下絵は、通常作者自身が描いていた（90・91頁参照）。絵師でもあった山東京伝や絵心のあった種彦は、文才のみに頼る作家より有利だったといえる。国貞は種彦から入念に作成された下絵を受け取り、文の行間から漂うニュアンスまで筆にのせ、情感溢れる艶っぽい絵に仕上げた。左頁の上は、絵の空きに文が隙間なく入りこんで一体化している。その下は、頁をめくったかのような趣向。マンガのコマ割りのように場面を変えている。

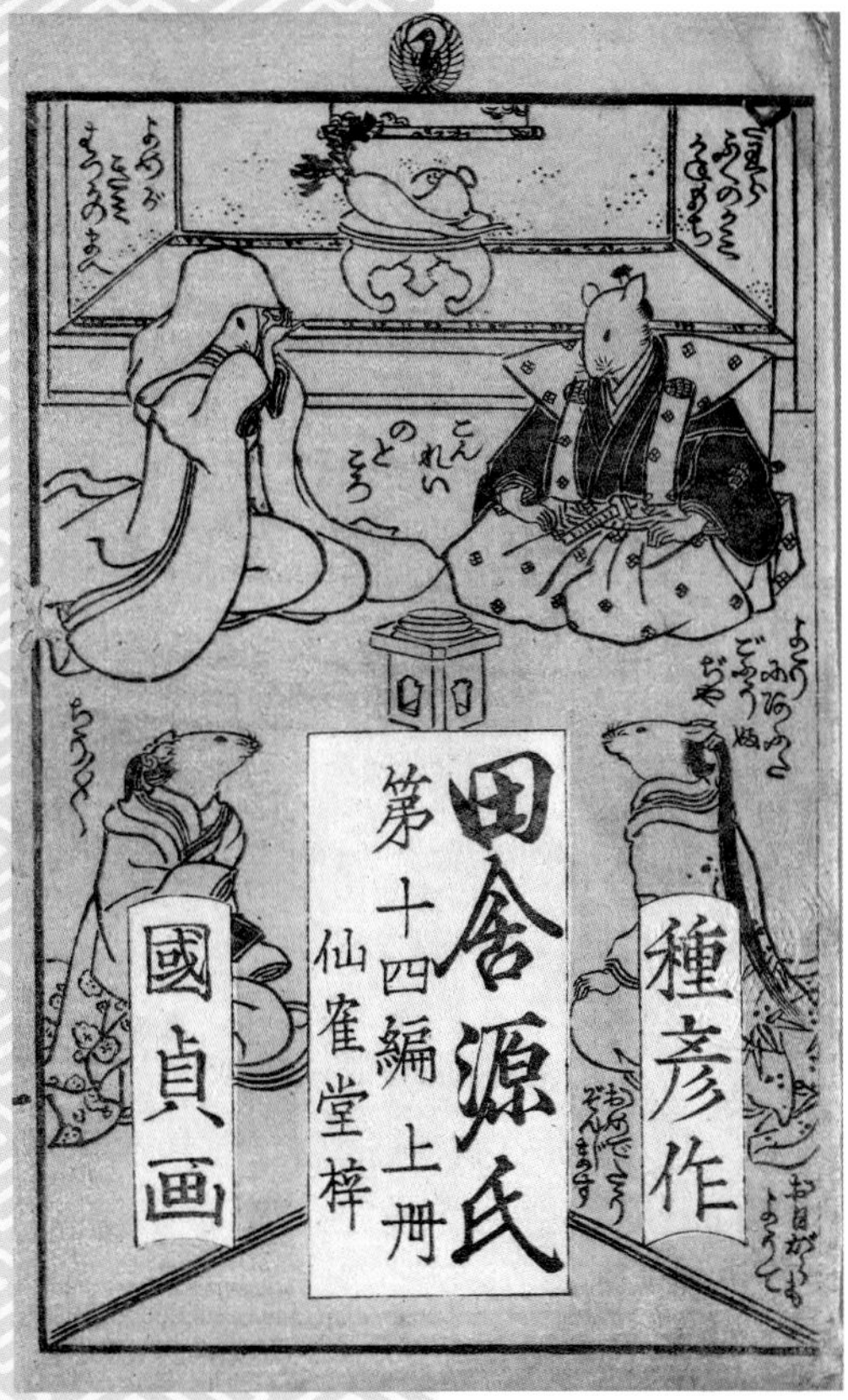

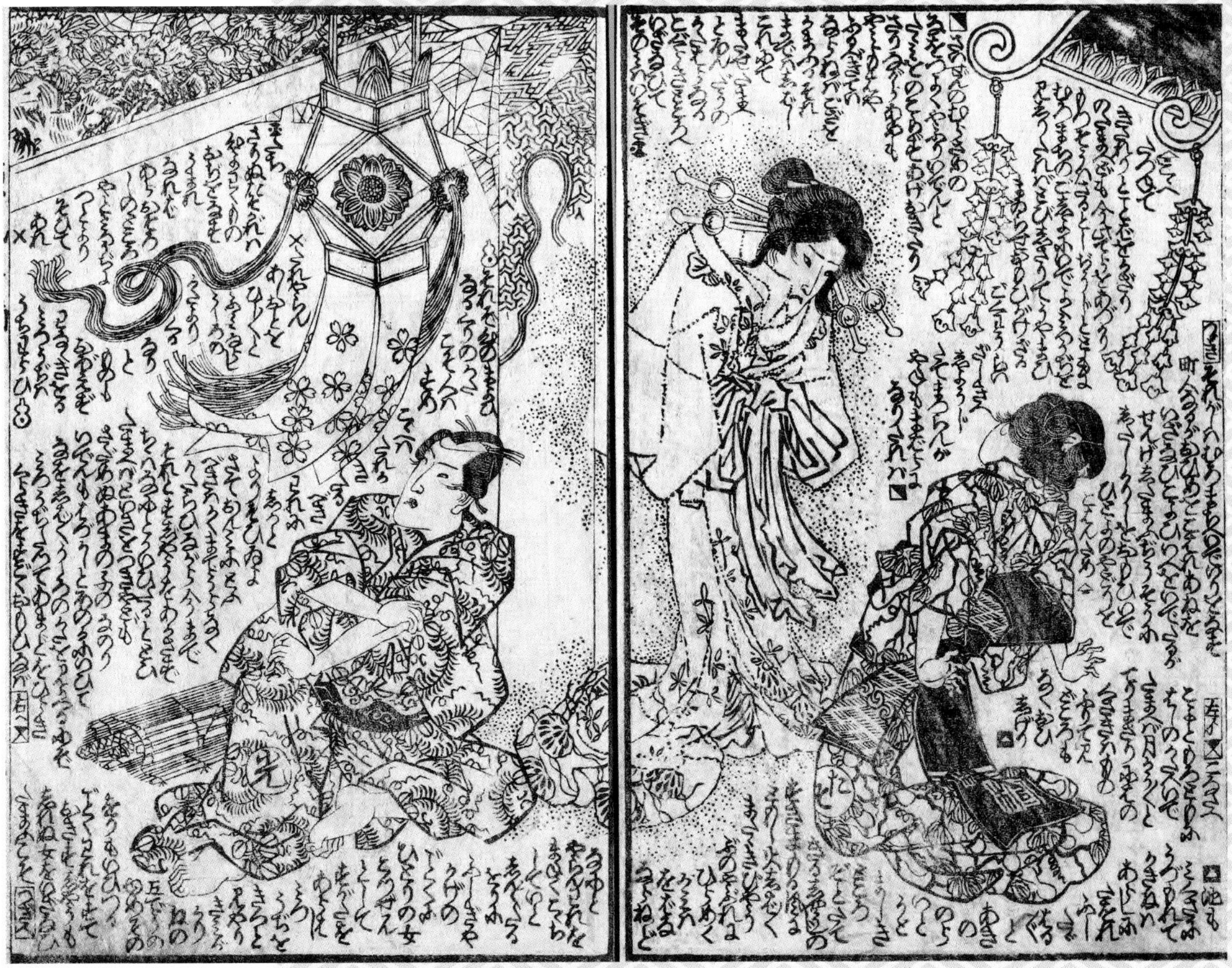

脳裏に焼きつく名シーン

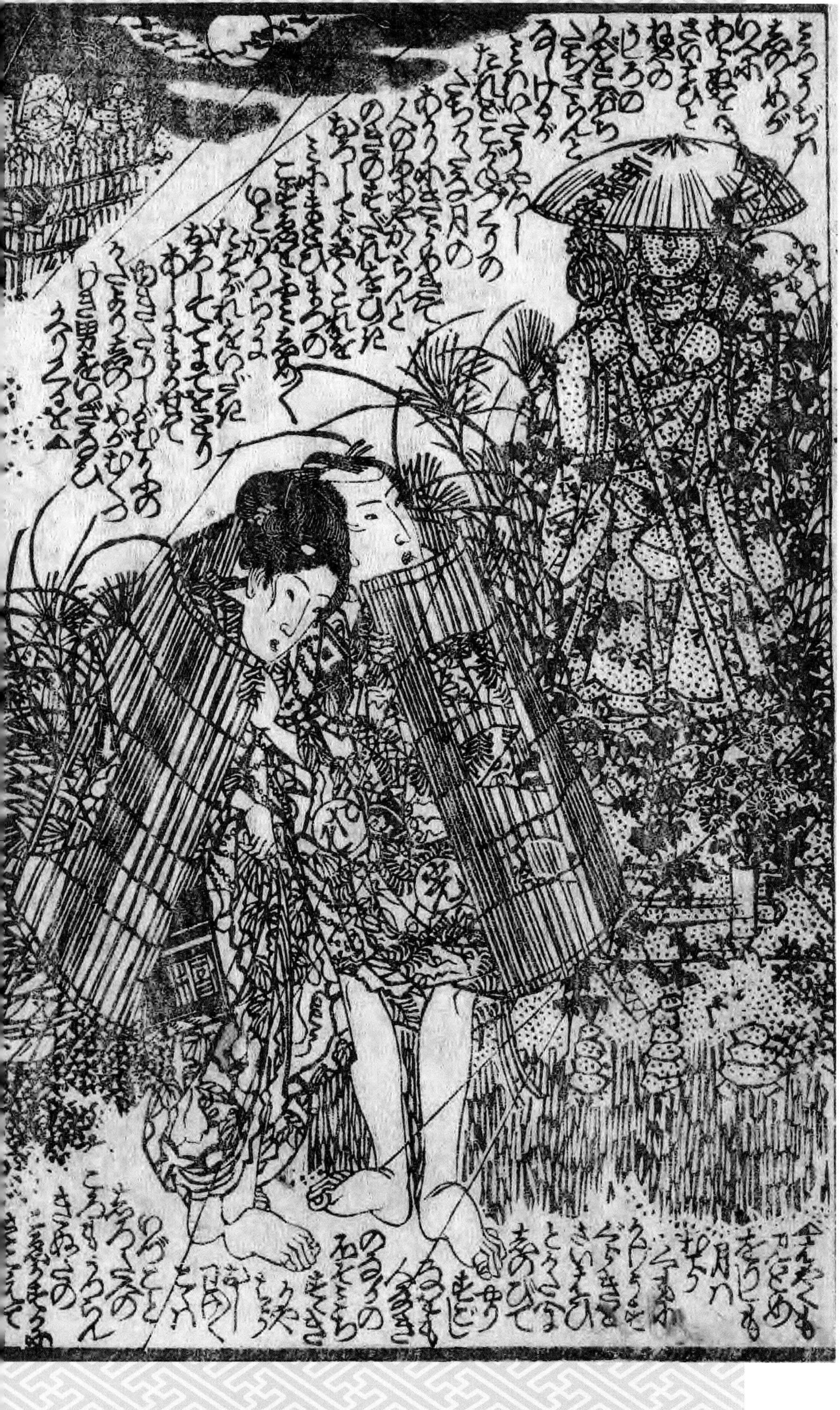

修紫田舎源氏

将軍家の宝刀を奪還した光氏は、凌晨《しののめ》の娘・黄昏《たそがれ》と道行《みちゆき》する。光氏は黄金づくりの宝刀が月の明かりに煌めいて人の目につくことを恐れ、軒の簾を2人で身にまとい野中の細道に入り薄茅原《すすきかやはら》を押し分けて進む。……と、俄に村雨が。光氏は地蔵の笠を見つけて手に取る。そこには「二世安楽」「同行《どうぎょう》二人」と書いてあった。「この世だけでなく、あの世に行っても二人楽しく暮らしていこう」。

光氏はそう黄昏に語りかけ、濡れながら古寺へ……。絵の左上には古寺の門が見える。その右には、卵塔場（墓地）が描かれている。古寺では、鬼女が登場して思わぬ展開となる……。ここから古寺の惨劇に至るくだりは、長い物語のなかでも屈指の名場面である。本作が歌舞伎化されたときも観客を唸らせる見せ場となり、さらに別の舞踏劇にもなった。

十三編上・下

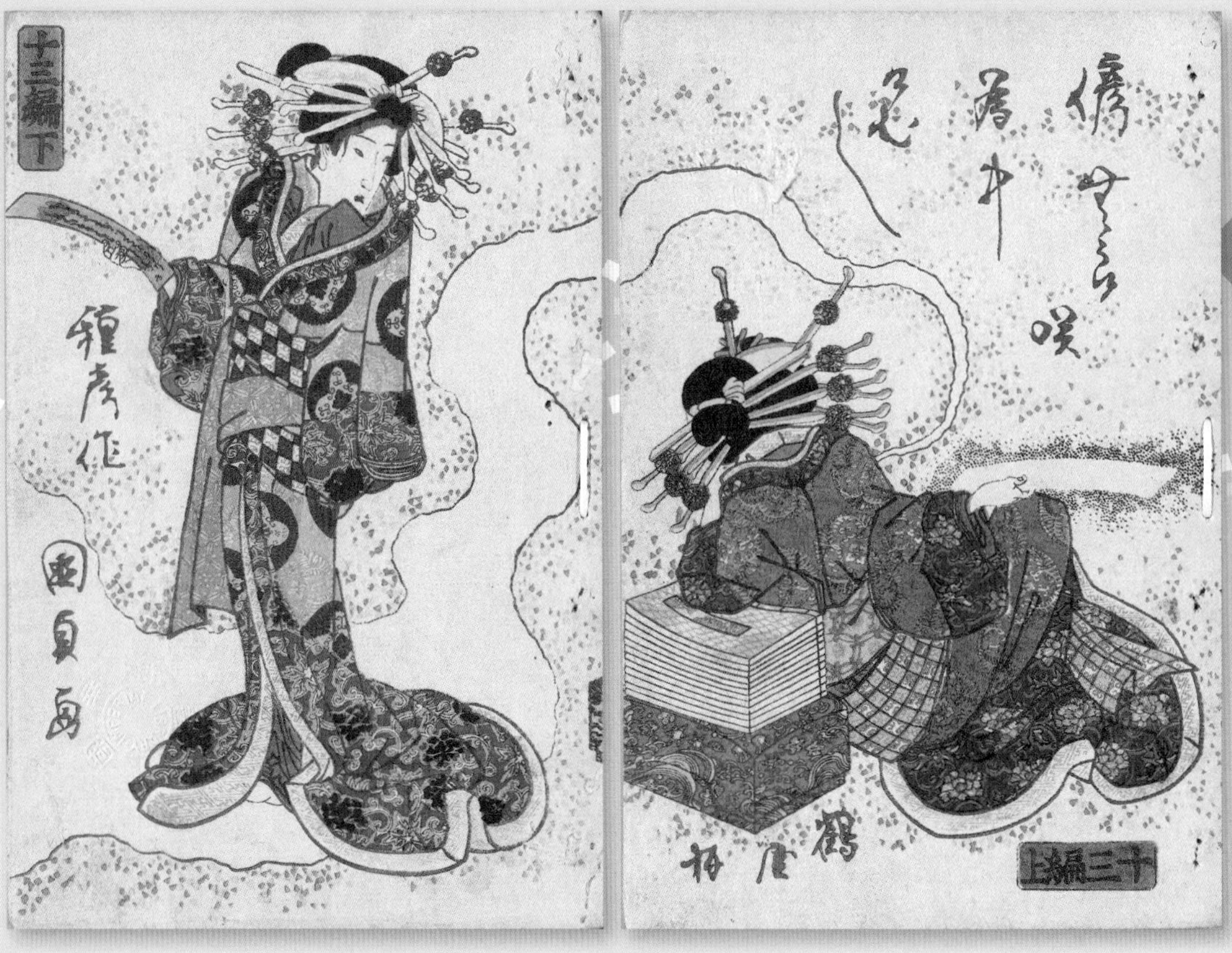

各編は上と下に分かれ、それぞれの表紙は錦絵のように美しい多色摺だった。
表紙の絵も歌川国貞画。片方のみでも、つなげても鑑賞できた。

十八編上・下

二十三編上・下

上・下でつながる各編のカラー表紙

十九編上・下

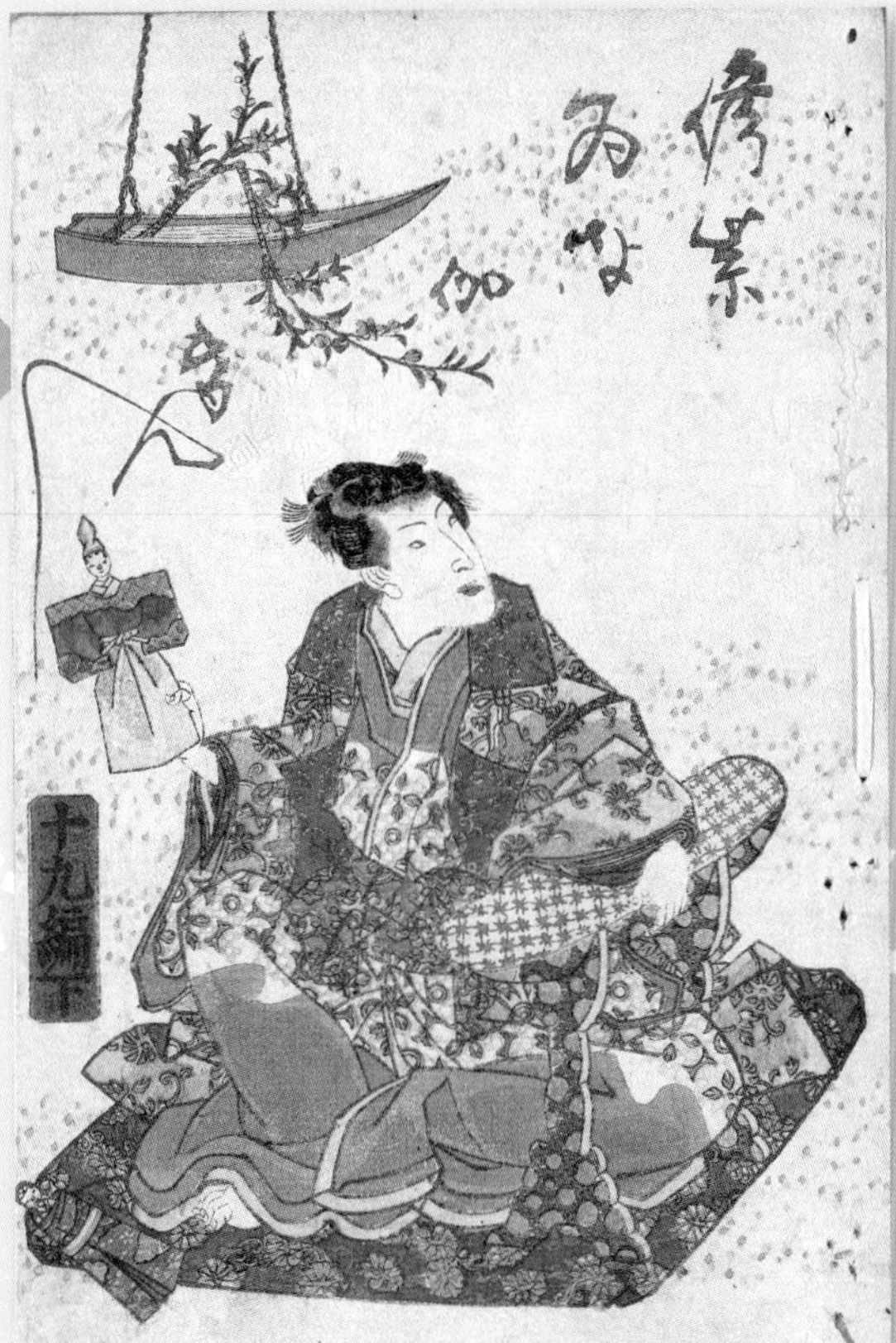

柳亭種彦の下絵

下絵

版本絵

本作は種彦の下絵（稿本）が現存しているので、版本の絵と比較できて面白い。下絵は簡潔に構図が示され、やわらかい線で引かれている。その軽快な筆さばきは達者で、種彦の絵心が感じられる。絵師への指示は、朱文字を用いるのが慣例。種彦の下絵には朱文字が多い。自身の博識を生かした注文が細かくいくつも記されている。衣裳に人物名の1文字を入れた円があり、版本絵でも確認できる。これは、読者の人物把握を容易にするためのお約束事である。両者とも筋金入りの歌舞伎通なので、本作は上演中の舞台を見ているような絵が多い。

下絵

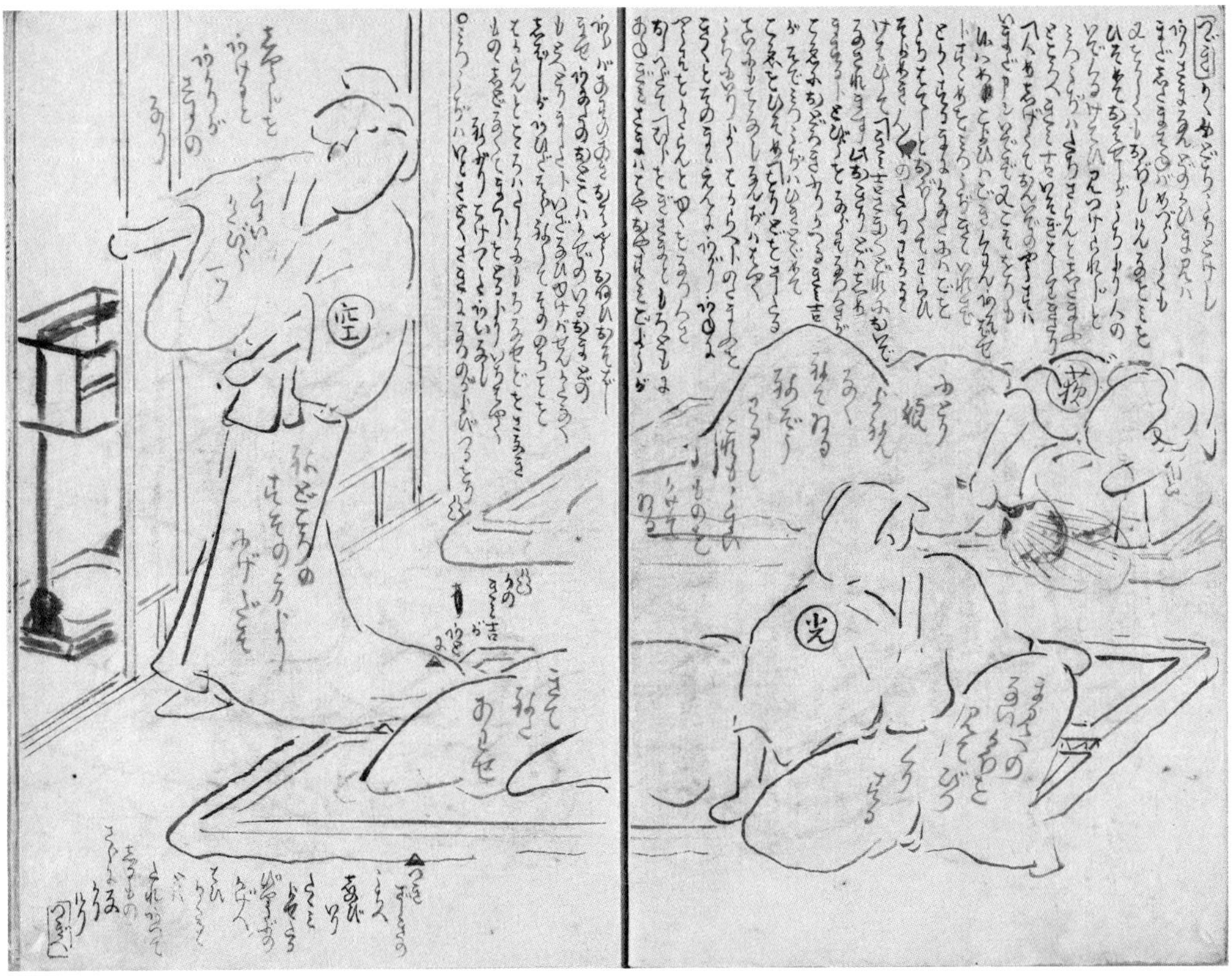

版本絵

式亭三馬（作）と初代歌川豊国（画）による娯楽作

『鬼児島《おにこじま》名誉《ほまれの》仇討《あだうち》』

1808（文化5）年刊行の本作は、『偐紫田舎源氏』の初編が出る21年前に刊行された。絵は歌川派の礎を築いた初代歌川豊国が担当。本作の痛快な絵は、豊国が39歳の頃に描かれた。

江戸生まれの豊国は、常に浮世絵界をリードした絵師である。東洲斎写楽が役者絵デビューした頃、豊国は20代半ばだった。2人は競うように役者絵シリーズを出版。豊国は役者の顔とポーズを美化して描き庶民の期待に応え、生々しく描写する写楽の錦絵より売れて人気を得た。親分肌の豊国は、大勢の弟子をかかえていく。『偐紫田舎源氏』を描いた歌川国貞や歌川国芳（96頁で紹介）も豊国の弟子である。エンタメを意識し軽妙に筆を走らせた本作の絵からは、歌川派隆盛期の勢いまで感じさせてくれる。

作者も江戸に生まれた式亭三馬である。『東海道中膝栗毛』を書いた十返舎一九と張り合うように、黄表紙、合巻、洒落本、滑稽本を数多く著した流行作家で、代表作の滑稽本『浮世風呂』は、本作刊行の翌年から出版を開始した。

本作は中本。前編4巻1冊と後編4巻1冊から成る（各編5丁で1巻。4巻分20丁を合綴《がってつ》）。三馬は読本の俗化を狙い、万人が楽しめる娯楽作とした。

鬼《おに》児島《こじま》與《と》陀《だ》陀嶽《だがたけ》角觝《すまふ》勝負《しょうぶ》図《のづ》 1

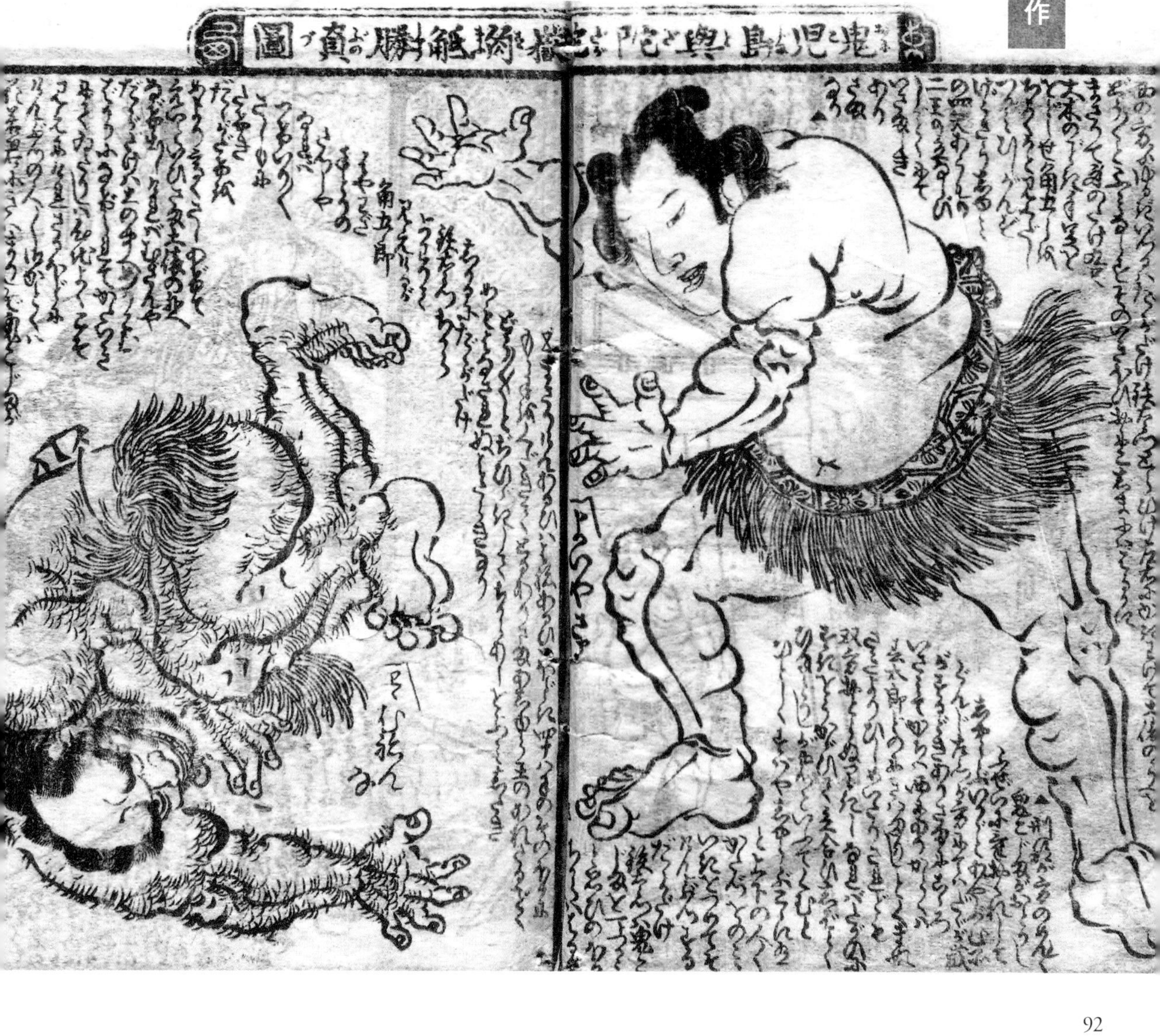

2

3

ある名家で、本妻の男子・花若丸（6歳）と妾腹の男子・春太郎（18歳）とのあいだで跡目争いが勃発した。家は真っ二つに分かれ、跡目は多数決で決めることに。早速、玩具用の太鼓を投票箱にして、ひとり1票が投じられた③。開票の結果は、なんと同数。決着は相撲でつけることとなる。そこで花若丸方の力士として登場したのが、鬼児島角五郎である。鬼児島は春太郎方の力士・陀陀《だだ》嶽鉄《たけてつ》右《え》ヱ門《もん》を目より高く差し上げ、土俵の外へ投げ飛ばした①。家督は花若丸が継ぐことに決定。しかし、春太郎の守役を務めていた家老の蛭巻郡《ひるまきぐん》司《じ》左《ざ》衛《え》門《もん》（④の左）は、これを不服として悪事を企む……。②は、物語にからむ天狗である。

4

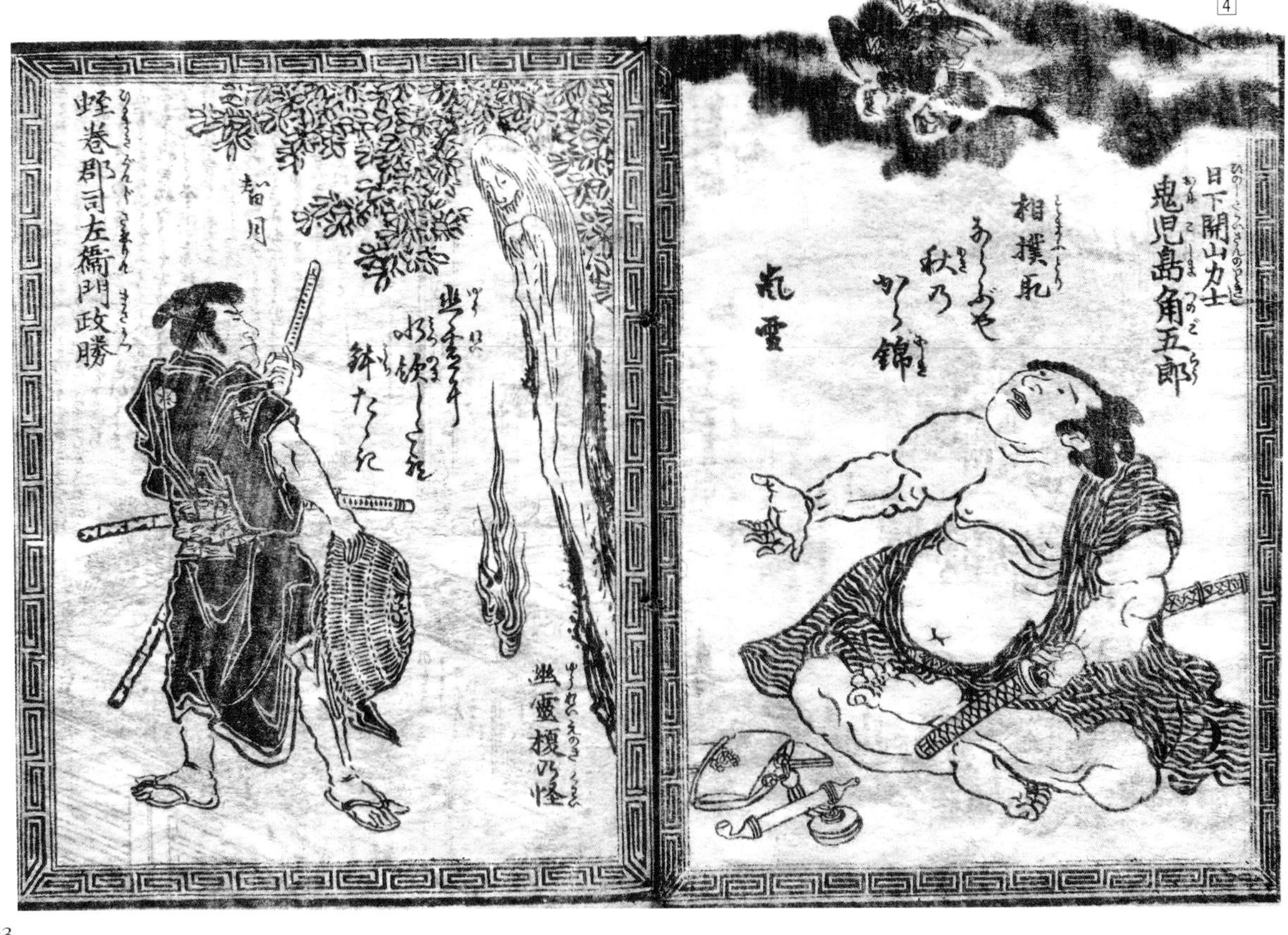

[1]

蛭巻郡司《ひるまきぐんじ》左衛門《ざえもん》は、法事の休息時に、花若丸の守役を務めていた家老の花形刑部に斬り掛かり、絶命させる。刑部の一子・信之丞とその息子・虎之助は仇討ちを決意する。一方、褒美をもらった鬼児島は、旅宿で上機嫌。そこに山伏（天狗）が現れ、「お前が高慢にならなければ守る」と告げて去る[1]。鬼児島は、信之丞と家来である孝太夫の仇討ち旅に同行する。郡司左衛門は道中の信之丞らを物陰から見てしまう。川越しの雲助たちに小判を渡し、鬼児島を信之丞、孝太夫と引き離す。荒男たちは、ひとりになった鬼児島に襲いかかったが、ひねり倒され、投げられ、踏みつぶされる[2]。その夜、庄屋に泊まった鬼児島に「早く来たれ」と呼ぶ声が……[3]。絵には天狗がまたもや登場。さて、鬼児島と引き離された信之丞と孝太夫はどうなったのか。2人は川を渡った先で郡司左衛門の仲間に斬られていた。瀕死の2人に郡司左衛門は「おお、痛えか」と高笑い。とどめを刺されて死んだ2人は、夜な夜な榎の元より幽霊となって現れる（93頁の4左）。にっくき郡司左衛門。どうする鬼児島……。ここまでが前編4巻1冊のあらましである。波乱続きの物語は後編へと続く……。

前編下の表紙

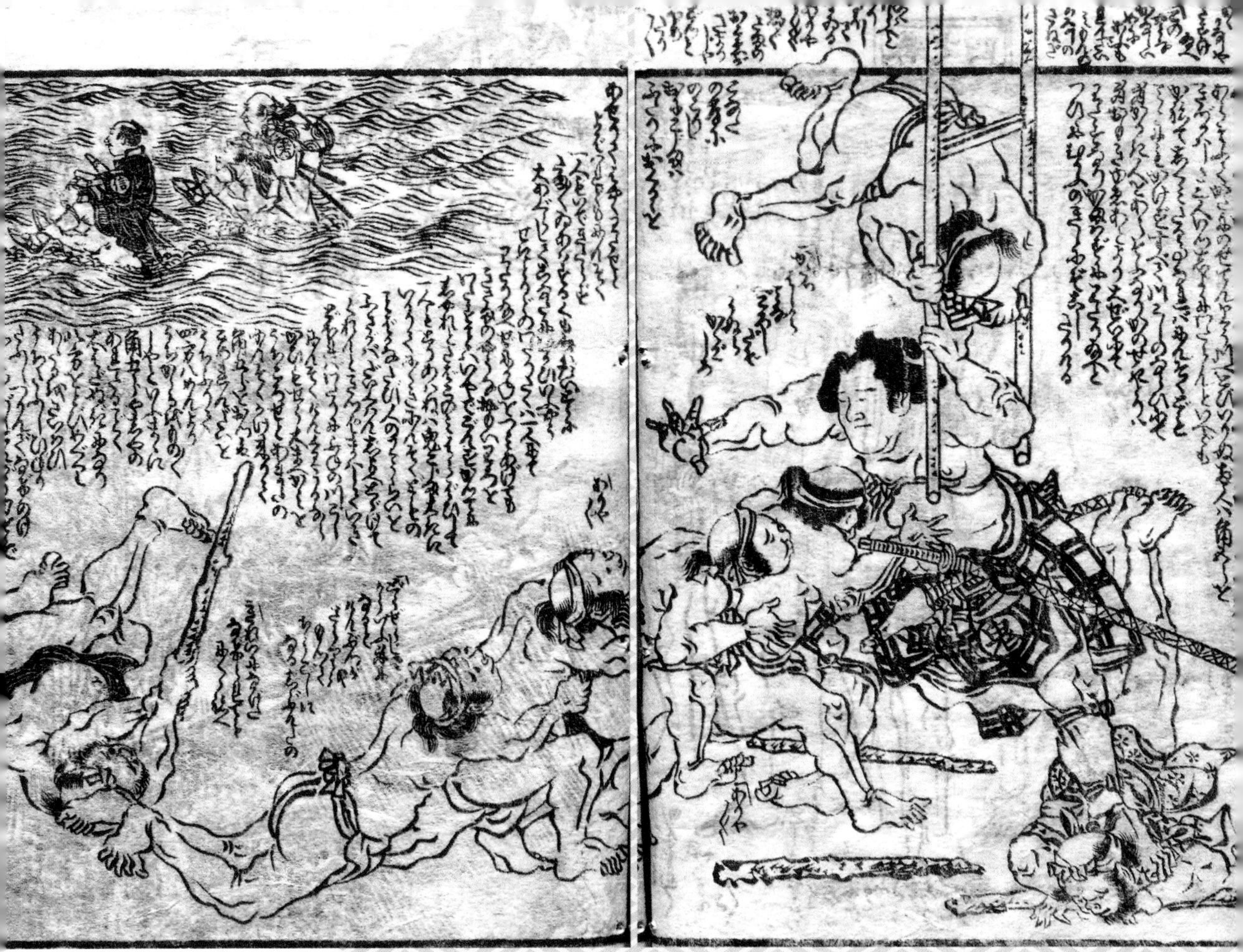

3

2

『朧月猫草紙《おぼろづきねこのそうし》』

猫好きで知られる浮世絵師の歌川国芳が絵を担当。国芳は豪傑が躍動する武者絵で知られるが、戯画も得意とし、自身の猫愛を生かした錦絵や本作のような合巻の猫絵も描いた。国芳は92頁で紹介した初代歌川豊国の弟子で、『偐紫田舎源氏』を描いた歌川国貞（三代豊国）は兄弟子にあたる。

作者は山東京伝の弟・山東京山である。兄の名声に隠れがちな京山だが、『偐紫〜』の作者・柳亭種彦に次ぐ合巻作家であり、90歳で没するまでに160種もの作品を残した。

『朧月猫草紙』は全7編。初編が1842（天保13）年に刊行されるとファンをつかみ、7年後に最終の7編を出して完結させた。39歳と遅くデビューした京山は、このとき81歳だった（国芳は53歳）。衰えを見せない創作意欲は北斎並みといえる。

京山も猫好きだったので、文中には猫の生態のほか、猫に効く薬、鼠捕り、歴史にまで触れ、細やかな猫愛が滲む。

主人公は鰹節問屋で飼われているメス猫の「おこま」である。オス猫の「とら」と心中を覚悟してから物語は急展開する。本書では、擬人化された猫の絵を紹介するが、作品中には人間の視点も入り、リアルな猫の姿も時折描かれる。この対比がぴりりと効いて、絵空事になりがちな猫物語の悲哀が現実味を帯びる。本作は、笑いあり涙ありの舞台喜劇的味わいがある。

鰹節問屋は鼠対策のため猫を3匹も飼っていた。そのなかで唯一のメス猫おこまは子猫を産む。夜に隣のオス猫とらがやってきた。おこまは「おまえのぶちによく似た子だよ」というと、とらは我が子をぺろぺろ舐めて猫かわいがり。そこに出刃包丁を持ったこの家のオス猫くまがやってきた。危うく斬られそうになったとき、米屋のオス猫ゆきが止めに入った。大騒動はひとまず収まるが……（初編上より）。

初編下は、いきなり心中ものの舞踊劇からはじまる。演じるのはおこまととら。列座して掛け合いをする太夫や三味線も猫である。蝶々を追うおこまの舞いは可憐だが、化粧をしているとらの背中にはどこか哀愁が漂う。2匹のその後を暗示させる合巻ならではの仕掛けが洒落ている。このあと物語の続きに入る。屋根の上におこまととらがいる。「もう家には戻れない……」。メス猫とオス猫は切羽詰まった事情を話し合い、心中の覚悟を決める。

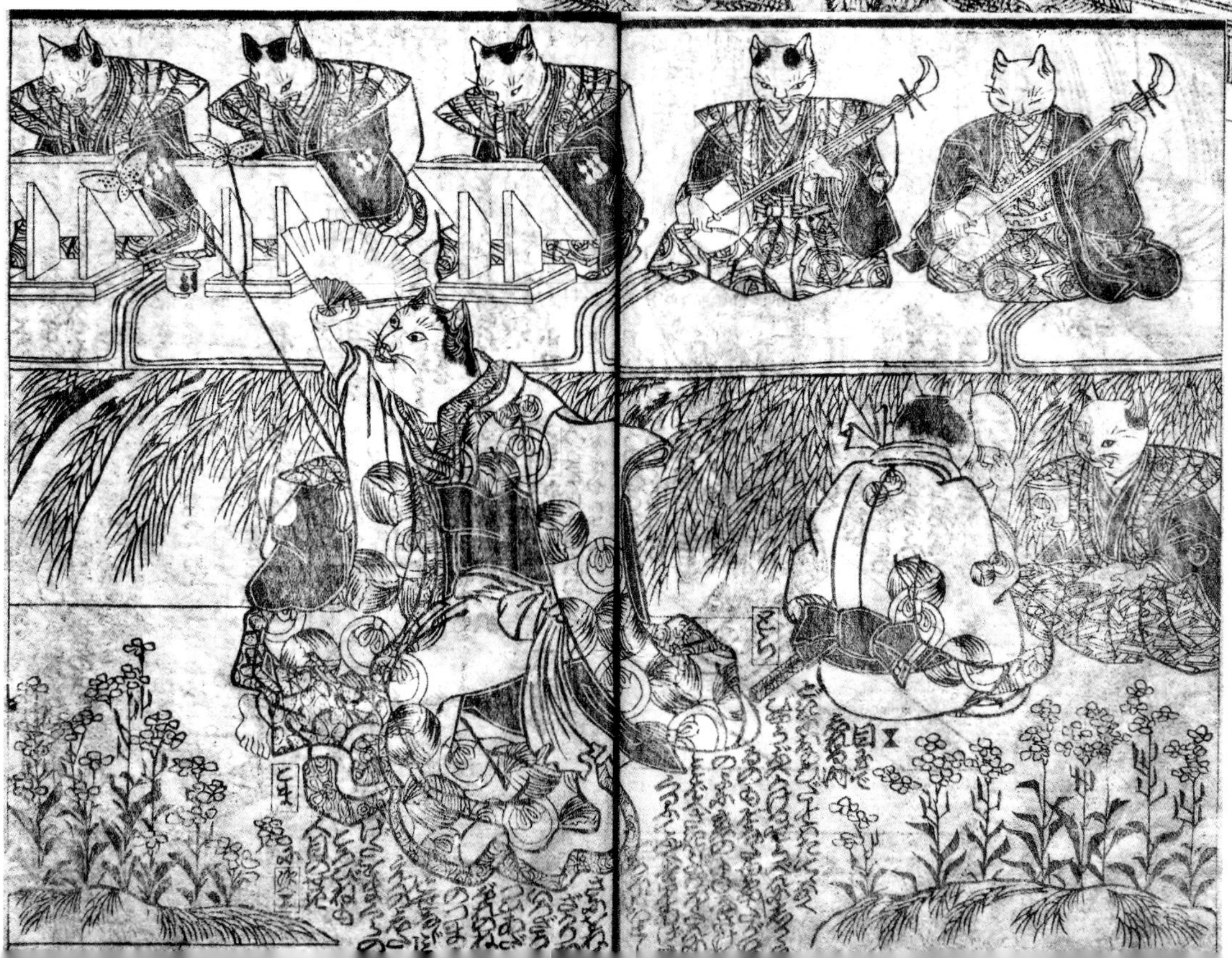

1

おこまととらの心中は、オス猫かしらのぶちにより、寸前で制止された。2匹は、かしらのぶちに連れられ、ある屋敷の縁の下に隠れ住む。しかし、とらは飼い犬に追いかけられて消息不明となる。おこまは下女にひろわれ、屋敷の猫となり、お姫様にも気に入られる。ところがある日、蝶々を追いかけ（97頁の舞踏劇と重なる趣向）、つかまえて食べてしまい、お腹をこわしてお姫様の膝で粗相をしてしまう。おこまは叱責され、ばばに連れられて屋敷を出た。橋まで来ると、おこまは犬に飛びかかられて川に落ちてしまう。橋の下では、親子2人が四つ手網漁を行っていた（①）。おこまはその網に入り（②）2人にひろわれる。その後、おこまはとらとの奇跡の再会を果たす。しかし二九蔵という丁稚に、とらは殺されてしまう。悲嘆にくれたおこまは二九蔵を恨み、とらの仇討ちを考える。③は、複雑な事情をかかえたメス猫おこのとの激しいやりとり。おこのは実はいい猫で、おこまに二九蔵を殺す妙案を授ける。が、そう事はうまくいかない。おこまは病気になって寝ていると、夢の中にとらの幽霊が現れた（④）。おこまはとらの言うとおりに行動する。すると思わぬ展開となり、二九蔵は死にいたる。（ここで4編上が終わる。）

2

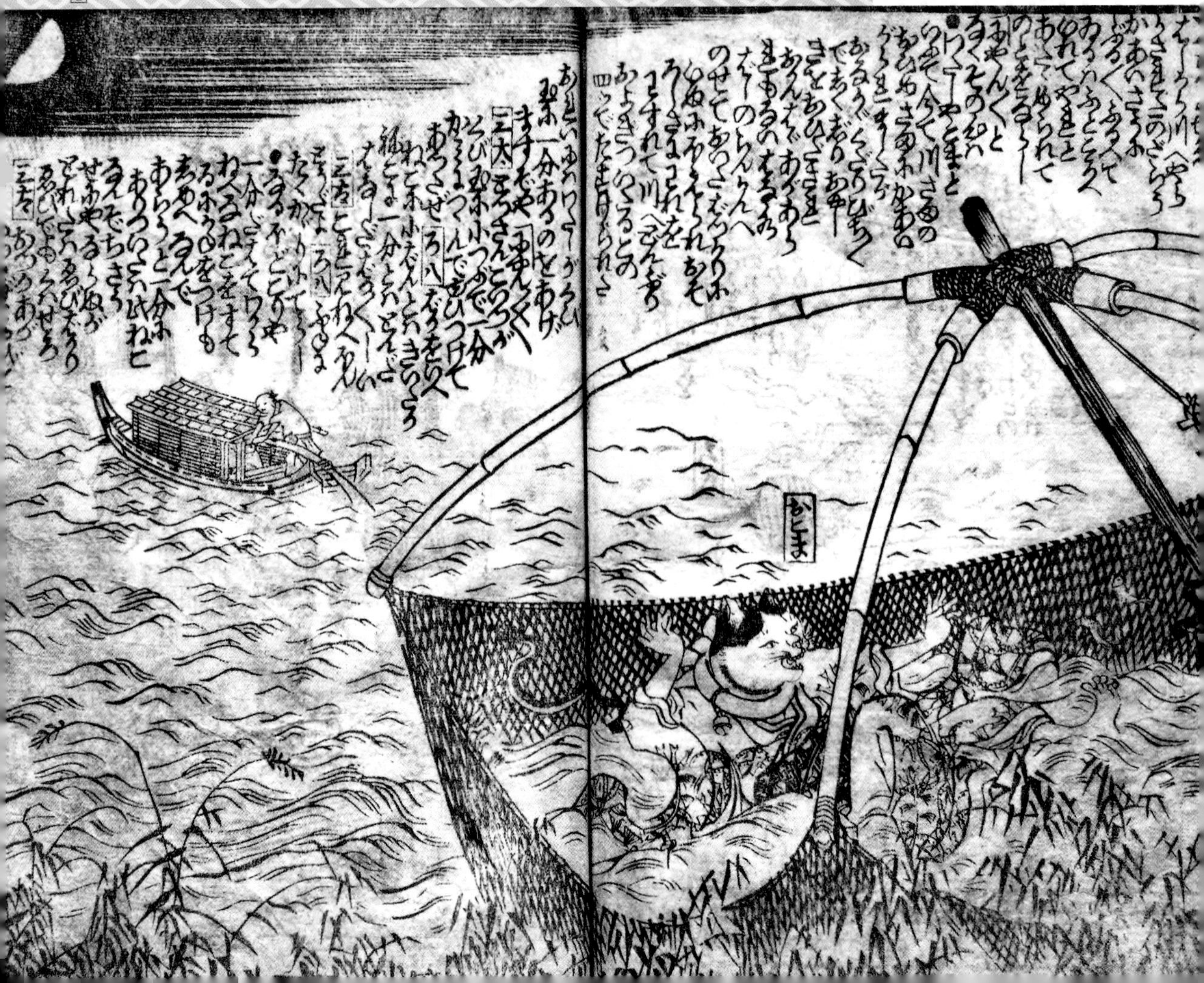

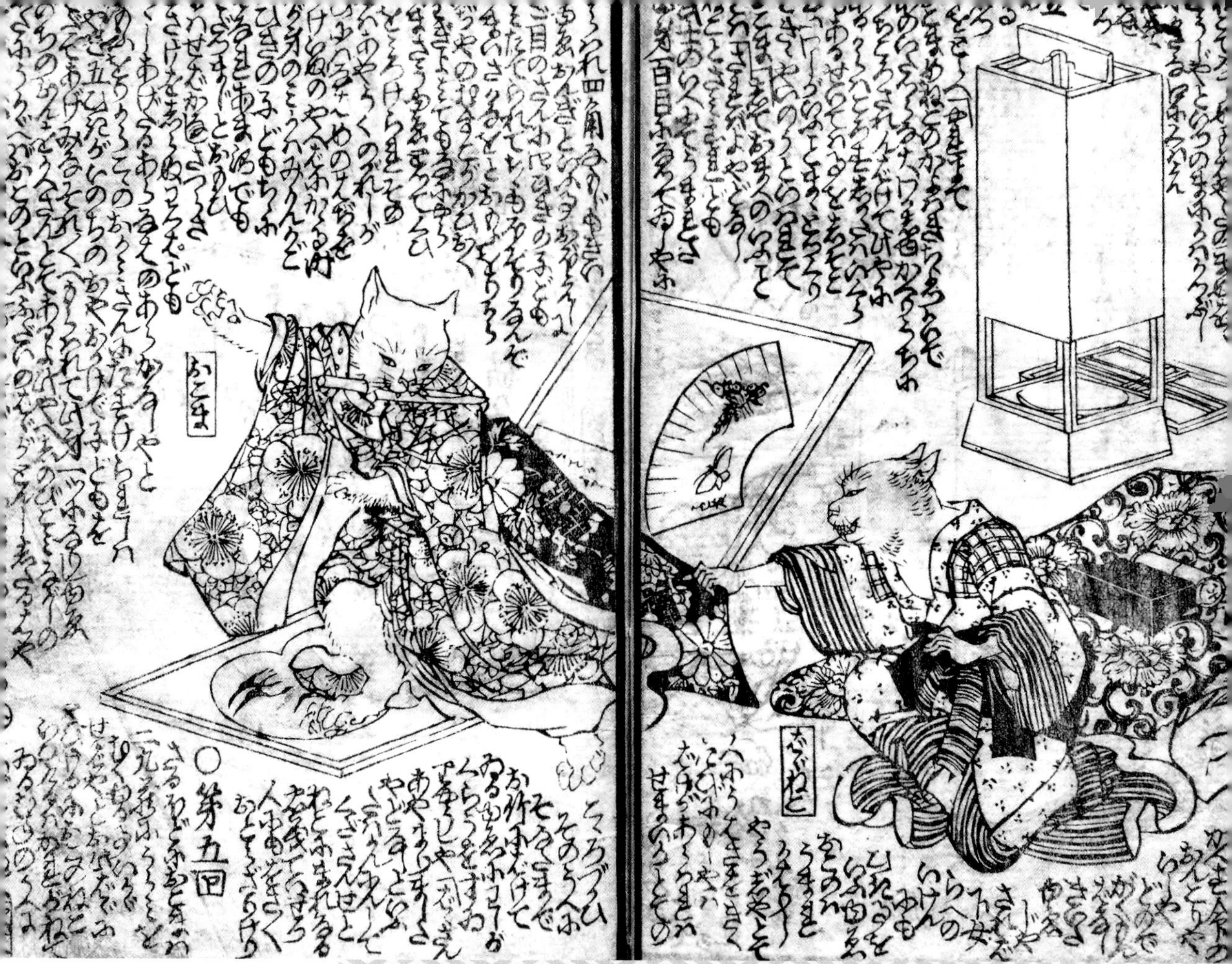

4

3

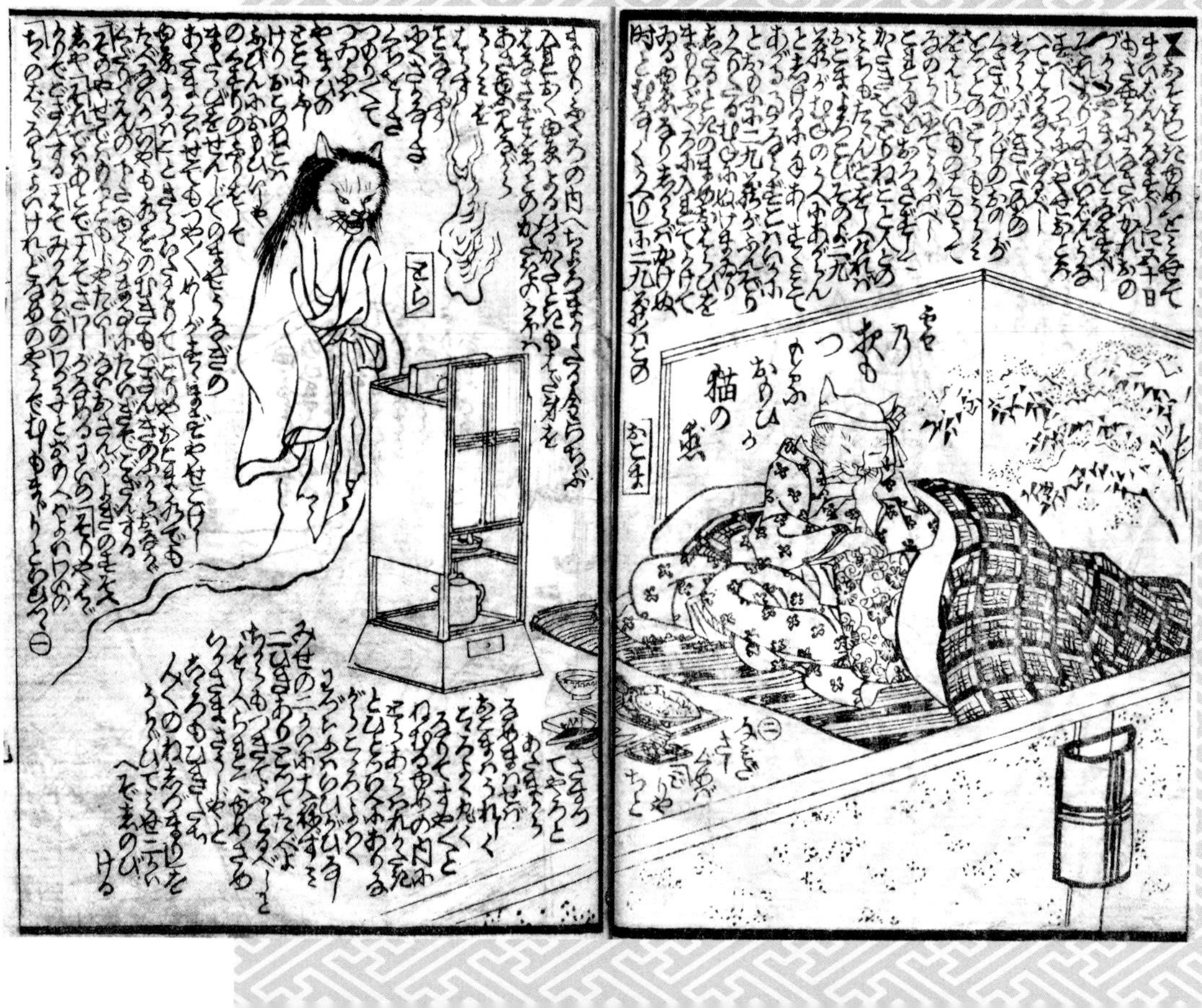

母

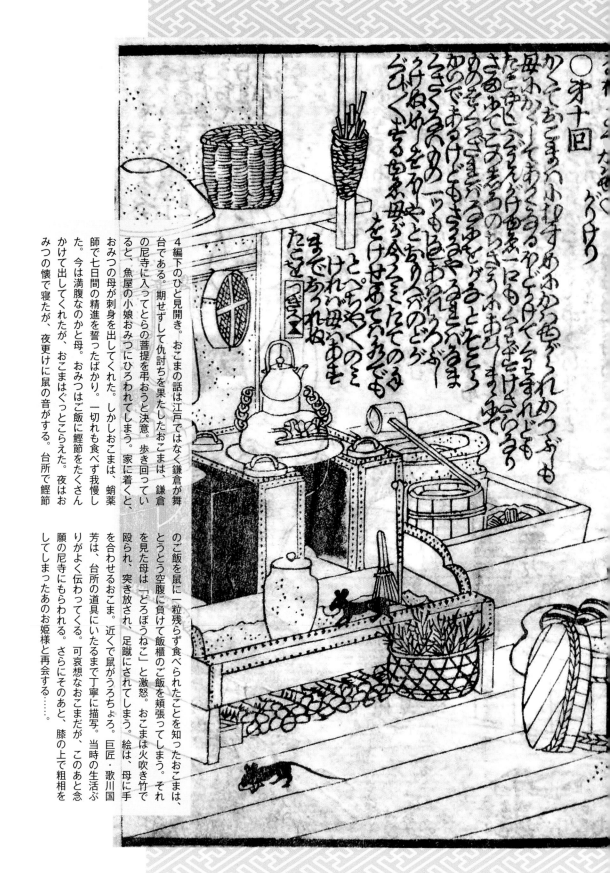

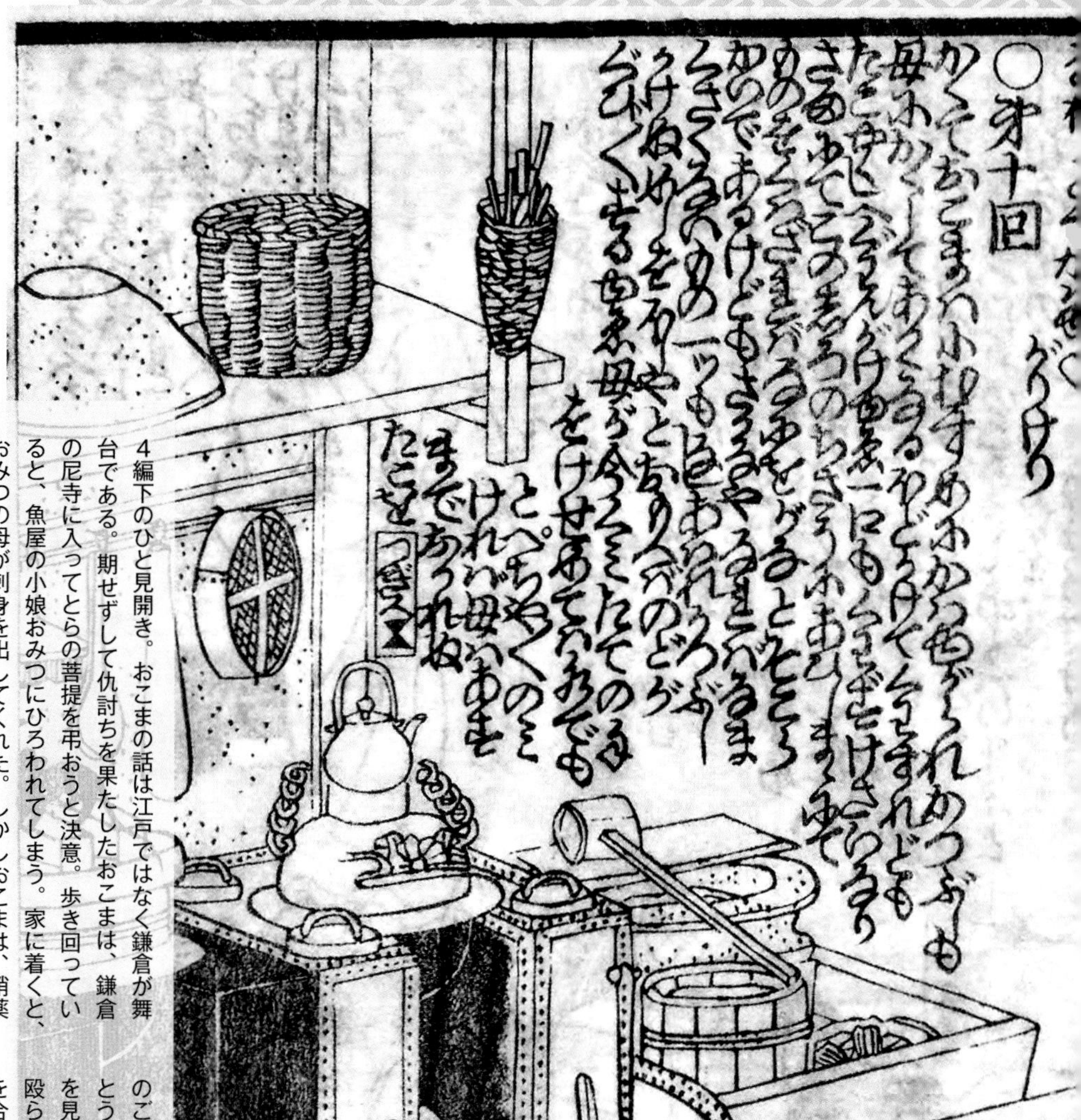

4編下のひと見開き。おこまの話は江戸ではなく鎌倉が舞台である。期せずして仇討ちを果たしたおこまは、鎌倉の尼寺に入ってとらの菩提を弔おうと決意。歩き回っていると、魚屋の小娘おみつにひろわれてしまう。家に着くと、おみつの母が刺身を出してくれた。しかしおこまは、蛸薬師で七日間の精進を誓ったばかり。一切れも食べず我慢した。今は満腹なのかと母。おみつはご飯に鰹節をたくさんかけて出してくれたが、おこまはぐっとこらえた。夜はおみつの懐で寝たが、夜更けに鼠の音がする。台所で鰹節のご飯を鼠に一粒残らず食べられたことを知ったおこまは、とうとう空腹に負けて飯櫃のご飯を頬張ってしまう。それを見た母は「どろぼうねこ」と激怒。おこまは火吹き竹で殴られ、突き放され、足蹴にされてしまう。絵は、母に手を合わせるおこま。近くで鼠がうろちょろ。巨匠・歌川国芳は、台所の道具にいたるまで丁寧に描写。当時の生活ぶりがよく伝わってくる。可哀想なおこまだが、このあと念願の尼寺にもらわれる。さらにそのあと、膝の上で粗相をしてしまったあのお姫様と再会する……。

第5章 江戸時代の絵入り小説変遷史

『金々先生栄花夢』
『文武二道万石通』『鸚武返文武二道』
『心学早染草』『御誂染長寿小紋』
『春色梅児誉美（春色梅暦）』

仮名草子『二人比丘尼《ににんびくに》』
作者は鈴木正三。戦死した男の妻は、美しい未亡人と出会う。仏教の教えを説いた仮名草子の代表作。初版刊行は1632（寛永9）年頃で、1663（寛文3）年くらいまで再刊本が出た。

江戸時代の絵入り小説は、いくつかのジャンルに分けられる。

ただし、草双紙は要注意である。特殊な形態を維持しながら、表紙の色や読者層などを変え、最終的に5つもの名称を持ってしまった。この草双紙を合わせて全ジャンルを解説すると混乱を招きかねない。そこで1と2に分け、1を草双紙以外の変遷史「仮名草子から人情本まで」、2を草双紙の変遷史「赤本から展開した草双紙」として解説することにした。

※（）内は、作者・刊行年（西暦）・本書掲載頁の順。

1 仮名草子から人情本まで

まずは江戸時代以前に創作がはじまった御伽草子から。時代は遡るが、室町時代を中心に平易なことばを使った短い物語がたくさんつくられていた。江戸時代の享保年間（1716〜1736）頃、これらの物語に目をつけた大坂の板元が、『物くさ太郎』『一寸法師』『酒呑童子』『猫のさうし』などの代表作23編を選び『御伽文庫』として刊行すると、広く浸透。類するほかの物語も「御伽草子」と呼ばれるようになった。今日までに、およそ500編の御伽草子が伝わっている。

仮名草子は御伽草子の流れを汲んで登場。慶長年間（1596〜1615）から天和年間（1681〜1684）頃まで、木版印刷技術の発達とともに、京都を中心に約80年間にわたり出版された。知識人が用いた漢文ではなく、読みやすい平仮名を使って木版印刷された仮名草子（初期は古活字版もあり）は、庶民も楽しめる絵入り版本として江戸時代初期に流行したのである。

ただし仮名草子は娯楽一色とはいかず、啓蒙、教訓を目的とした作品が多い。内容は多岐にわたるため、「小説類」とすべきだろう。

例を上げると、恋愛物の『うらみのすけ（恨之介）』（1612頃）、イソップ童話を翻訳した『伊曾保《いそほ》物語』（1615〜59頃）、教訓物の『二人比丘尼《ににんびくに》』（作・鈴木正三・1632頃）、随筆風に書かれた『可笑記』（作・如儡子《にょらいし》・1642）、名所記物の『東海道名所記』（作・浅井了意《りょうい》・1659〜61）など実に多彩である。

作家としては浅井了意が多作で知られ、名著も多い。怪異奇談集の『御伽婢子《おとぎぼうこ》』（1666）や、1657年に江戸の大半を焼いた明暦の大火の実態を生々しく記した『むさしあぶみ』（1661）も著している。

仮名草子の次に流行した草紙が浮世草子である。1682（天和2）に大坂の井原西鶴が『好色一代男』を刊行すると、それまでにない写実的な描写で読者を引きこみ、大衆が好む新しい娯楽小説として浮世草子の量産が進む。

牽引者となった西鶴は、没するまでの10年あまりの間に数多くの傑作を執筆。浮世草子は大坂・京都発の町人文学として人気を博し、元禄年間（1688〜1704）を最盛期として約100年近くにわたり出版されていった。

西鶴没後は、「八文字屋本」と呼ばれる浮世草子の作品群が文壇を賑わした。しかし時代が進むと次第にマンネリ化が進み、読本などの新興文芸に押されて刊行の数を減らし、消滅した。

八文字屋本にかわるように注目された小説が、読本である。前期読本は、中国の白話小説の影響を強く受けた『英草紙《はなぶさぞうし》』（作・都賀庭鐘《つがていしょう》・1749・50頁〜）からはじまる。

庭鐘は、大坂の漢学者で医師だった。浮世草子を著した上田秋成は、庭鐘の読本に触発され、前期読本の代表作となる『雨月物語』（1776・56頁〜）を刊行。ともに大坂で出版した2人は、高評価を受けて名声を得る。前期読本は上方で完成をみたが、文運東漸の潮流に乗る。品格が漂うこの小説スタイルは江戸へ移り、エンタメ色を強めて後期読本の時代を迎えるのである。

江戸の読本ブームに火をつけた作品は、『忠臣水滸伝』（作・山東京伝・1799〜1801・64頁〜）で、後期読本の記念すべき第1作目となった。同時期に台頭著しい曲亭馬琴が、京伝に続けとばかりに読本の分野で気を吐く。大衆向けの佳作を連発して、京伝作を上まわる評価を得ていく。勧善懲悪、因果応報の2本柱が貫き八犬士の雄大な物語が展開する『南総里見八犬伝』（1814〜1842・34頁〜）の刊行がはじまると、馬琴は不動の人気を得て、完結まで28年ものあいだ続刊を心待ちする愛読者を増やし続けた。

後期読本の挿絵では、心技の充実が見られる葛飾北斎が突出した筆の冴えをみせた（本書では4作を紹介）。

本書では紹介できなかったが、江戸時代には、洒落本と滑稽本のジャンルも生まれた。

浮世草子『好色一代男《こうしょくいちだいおとこ》』

主人公の世之介による7歳からの色恋物語が、1年ごとの章で60歳まで繰り広げられる。全8冊。井原西鶴が最初に書いた小説で、浮世草子の嚆矢となった。1682（天和2）年に大坂で出版。挿絵も西鶴が描いたとされる。2年後には、その絵を元に菱川師宣が筆を取り江戸版が出版された。下の絵は大坂版より。

洒落本は、吉原や岡場所などの遊里を舞台にした小説で、遊女と遊客の会話を主としている。美意識の「通」を大切にしているが、通人ぶる半可通や野暮も登場。遊客の滑稽なさまをリアルに描いて読者を楽しませた。

遊里の様子や現地での振る舞い方など案内書としての役割も果たしたことから、売れ筋の戯作として長く人気を保った。1730年代（享保期の終わり頃）から佳作が世に出るようになり、『傾《けい》城買四十八手《せいかいしじゅうはって》』（作・山東京伝・1790）等の傑作も生まれたが、寛政の改革により弾圧を受けて一時期勢いを失う。洒落本は文主体の小説であり挿絵の割合は少ない。

滑稽本は、『根南志具佐《ねなしぐさ》』（作・平賀源内・1763）などの談義本で知られる前期滑稽本と、『東海道中膝栗毛』（作・十返舎一九・1802～1822）や『浮世風呂』（作・式亭三馬・1809～13）などの後期滑稽本に分けられる。絵入り小説で、味のあるゆかいな挿絵も見られる。

江戸時代末期に広まった人情本は、『春色梅児《しゅんしょくうめご》誉美《よみ》』（作・為永春水・1832～33・122頁～）のヒットで知られる。洒落本や滑稽本の写実的な技法を生かし、人情を重視した複雑な恋愛模様を展開させて多くの女性読者を獲得した。

日常生活に目を向け、立場の違うさまざまな登場人物の内面まで掘り下げた人情本は、明治時代の文学にも影響をあたえた。

2 赤本から展開した草双紙

江戸時代に誕生した草双紙は約200年の歴史があり、赤本～黒本・青本～黄表紙～合巻の順に展開した。特殊な共通スタイルを持ちながら、5つも名称を変えていったのだ。それぞれどう違うのか。草双紙という名は広く知られていても、理解できている人は少ないのではないか。

草双紙の共通項は下の本を見ていただくとわかりやすい。どの作品も頁全体（大半が見開き頁）に絵が広がり、絵の隙間（空白部分）に文が入るという特殊なスタイルで成り立っている。

最初の赤本は、丹色《にいろ》（赤色）の表紙をつけた幼

赤本『はちかつきひめ』

室町時代の御伽草子『鉢かづき』を元に草双紙化された赤本で、江戸時代中期に江戸の板元・鱗形屋《うろこがた》から刊行された。上・下2冊で完結。赤本は現存している本が少ない。現存の本も欠落がみられるなど、良好な状態を保っているものは稀である。これは元の本の姿をほぼ残していて貴重。姫の頭には各種の宝が置かれて、大きな鉢が被せられている。異様ながら美しい姫に文をからめて、草双紙らしい効果を生んでいる。

童向けの絵入り本で、正月の祝い物として出版された。小さな赤小本と中本サイズの赤本が延宝年間（1673〜81）から出回ったとされ、5丁（10頁）1冊を定型とした。御伽草子を元にした話、民話、童話などが多く、浄瑠璃や歌舞伎などの演劇物も制作された。

続く黒本は、黒い表紙をつけた草双紙で、英雄伝説などの軍記物や仇討ち物も登場。赤本より対象年齢を上げて青少年向けとなった。延享から明和年間（1744〜72）頃に流行。

青本は、萌黄色の表紙を付けた草双紙で、黒本と同時期に出回った。内容は黒本とほぼ変わらない。同じ内容で両方出版された作品もある。黒本・青本は話が複雑化していった。

黄表紙は、読者対象を大人にした『金々先生栄《えい》花夢《がのゆめ》』（作・画・恋川春町・1755）からはじまった（6頁、106〜107頁で解説）。

合巻は、黄表紙の長編化が進み、数冊を綴じて出版したことから流行した（6頁、80〜81頁で解説）。

初期の赤本・黒本・青本を開くと、今の子供向けの絵本に近いという印象を受けるが、同様とは言い切れない。今の絵本は文のスペースが確保されていて、読みやすい位置にまとめて入れられる傾向がある。これに対し、赤本・黒本・青本の方は絵の広がりが優先され、文は絵の隙間を埋めるように入れられることが多い。草双紙のスタイルは、ワイドな絵が楽しめる反面、文があちこちに分散して、読む順に戸惑う頁もある。

大人向けの黄表紙や合巻になると、さらに文章量が増えて、視線をあちこち移しながら読むことになる。隙間のない濃密な頁を開くと、子供向けの絵本というより、描き込みの多いマンガや劇画に近い印象を受ける。しかし草双紙にコマ割りはなく、マンガや劇画には草双紙にある地の文が少ない。草双紙は、江戸時代に出版された特異な絵入り文学といえるだろう。

黄表紙や合巻の下絵は、基本的に画文融合のセンスをもった作者自身が描いた。大人向けの草双紙は文が最重要であり、作品の命の源である。下絵を受け取った絵師は作者の意図を汲み取り、読者を作品世界に引き込む描写に挑んだのである。

黒本『放《ほう》下《か》僧《そう》石《いし》枕《のまくら》』

1767（明和4）年に江戸の板元・鱗形屋孫兵衛から刊行された黒本。上・中・下の3冊で完結。絵は、鳥居派の浮世絵師・鳥居清満が描いた。中巻の表紙には、題簽《だいせん》の横に、僧形で手品や曲芸をする放下僧の絵が貼られている（この2人は敵討ちを果たす）。左は、鬼婆が吊した大石の綱を切って娘に落とす場面。ほかにも巨大な悪魚や大蛇が登場。能の『放下僧』や姥ヶ池の伝説などを元に、波乱に満ちた物語が展開する。

『金々先生栄花夢《きんきんせんせいえいがのゆめ》』

黄表紙

本作は、上巻・下巻の2冊。1775（安永4）年に刊行された。1冊は5丁（10頁）なので、通して読んでも20頁しかない。しかし内容は濃厚で味わい深い。本文の1頁目（1丁オモテ）に、従来の草双紙にはなかった大人向けの序文が入る。

めくると1の見開きとなり、金村屋金兵衛を主人公とする、成金の奢りと転落の夢物語がはじまる。

草双紙の赤本・黒本・青本は、子供を主な読者対象としていた。本作は一見すると青本と変わらないが、知識人まで読み応えを感じさせる洒落た大人向けの物語を展開させることで、草双紙のイメージを一新させた。出版は成功し、以後はこのスタイルにならい大人向けの草双紙が約30年にわたり量産されていくことになる。この分野の草双紙を、文学史上では「黄表紙」と呼んでいる。本作は、黄表紙の嚆矢として名を残す記念碑的作品となったのである。板元は、江戸の地本問屋・鱗形屋孫兵衛（5頁参照）。以後の黄表紙も江戸で制作されていく。黄表紙は、「江戸で生まれ育った草双紙」という特徴ももつ。

ただし知的な滑稽味と風刺を柱に人気を得た黄表紙は、時代の荒波に翻弄される。幕府の出版統制により風刺色を失い、読本を意識した長編化が進み、数冊を綴じて出版する「合巻」（第4章で3作紹介）へと制作のスタイルを変えていく。

本作の作者は、恋川春町である。繊細で品のある絵も本人が描いた。春町は駿河小島藩の武士

1

上巻の表紙

下巻の表紙

田舎者の貧しい金村屋金兵衛は、華やかな都会で一稼ぎして、浮世を存分に楽しみたいと思い立ち、江戸に向かっていた。目黒不動尊まで来ると運気を上げるために詣で、名物の粟餅屋に立ち寄った[1]。奥座敷に通された金兵衛は、粟餅を待つあいだに寝てしまう。すると夢の中に、高級な駕籠とその一行がやってきた[2]。金兵衛は、お金持ちの若旦那になってほしいと言われ、駕籠に乗ってしまう。夢の出来事は、マンガの吹き出しのような線の中に描かれている。この手法は他の絵入り小説でも見られ（50・51頁参照）、錦絵でも用いられた。

2

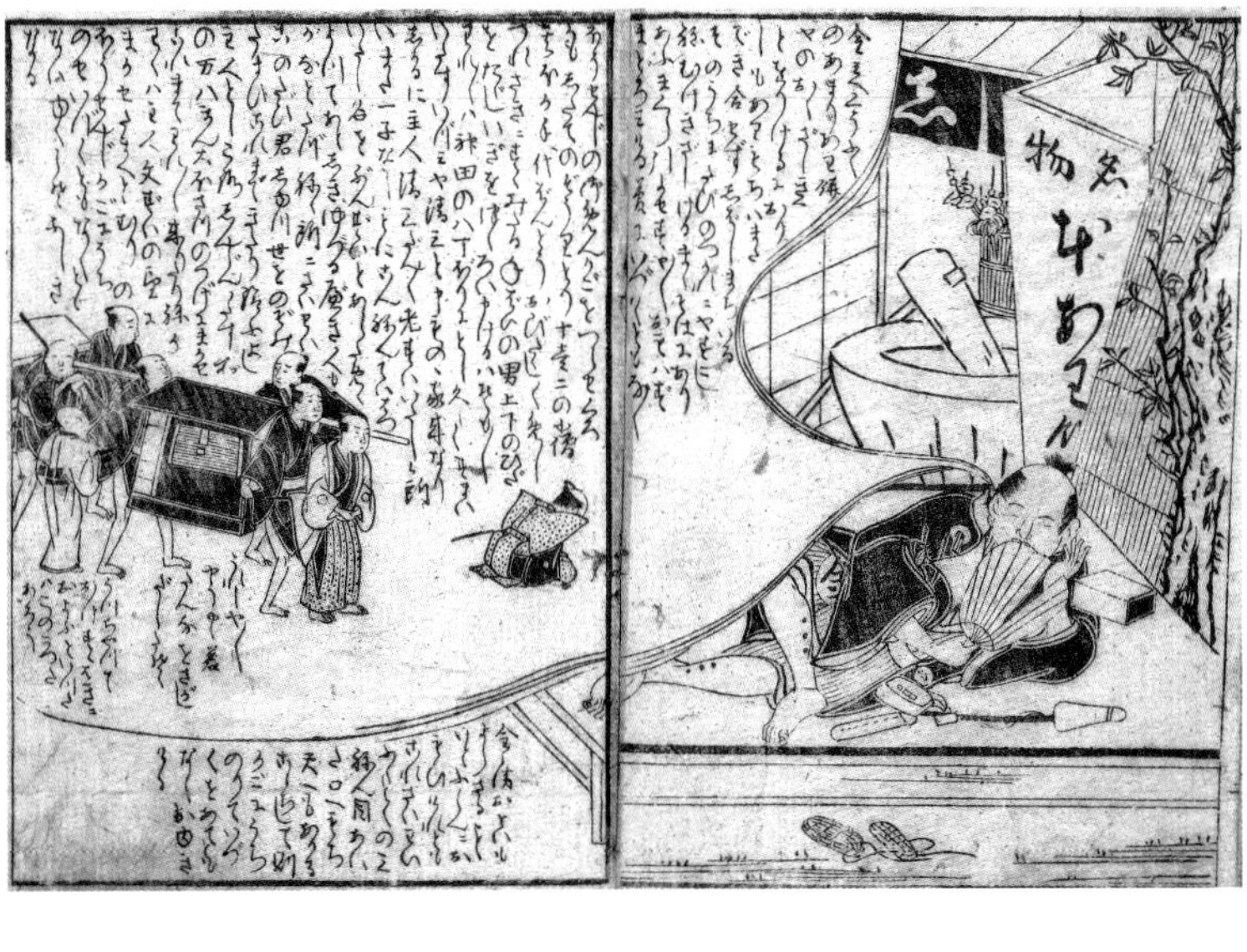

で、浮世絵師の鳥山石燕に絵を学び、最初に洒落本の挿絵を描いた。文才にも恵まれ、酒上不埒《さけのうえのふらち》の狂名で狂歌も詠んでいる。本作が当たり流行作家となった春町は、生涯におよそ30の作品を残した。しかし、『鸚鵡返文武二道《おうむがえしぶんぶのふたみち》』という黄表紙を刊行すると筆禍を招き、その年に46歳で没する。その顛末は『鸚鵡返〜』の紹介とともに、112〜113頁で記したい。

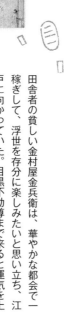

広大な屋敷に着いた金兵衛は、老翁の主人から七珍万宝《しっちんまんぼう》を譲り受け、名家の家督を継いだ。金兵衛は驕り高ぶり流行の高級品を身につけ、日夜酒宴に耽る。吉原の遊びも覚えた金兵衛は「かけの」という傾城に熱を上げ、年越しの夜になると枡に入れた金銀をばらまいた。右上の女性が、かけの。表情から金兵衛への愛情は感じられない。

吉原遊びに飽きた金兵衛は、気軽に遊べる深川の岡場所に通うようになる。しかし本人の評判は、金持ちということのみ。「金々先生」ともてはやされるだけである。金兵衛が入れこんだ「おまず」という遊女も金が欲しいだけ（右頁）。そうした虚しい関係にようやく気づいた金兵衛は、いざこざを起こし、みんなから愛想を尽かされる（左頁）。落ちぶれた金兵衛は、深川より格下である品川の宿場女郎に楽しみを見出そうとする。身代を持ち崩すばかりの金兵衛を見た元の主人は大いに怒り、金兵衛を追い出してしまう。……もしもし、餅ができました……目を覚ました金兵衛は、人の楽しみの儚さをさとり、田舎に帰ることにした。

幕府の文武奨励策を穿《うが》った辛口の物語。作者は武士の朋誠堂喜三二《ほうせいどうきさんじ》

『文武二道万石通《ぶんぶにどうまんごくどおし》』

黄表紙

作者の朋誠堂喜三二は、『金々先生栄花夢』を世に出した恋川春町の親友である。『金々先生～』刊行の2年前に、洒落本の『当世風俗通』を初出版したとされるが、その挿絵は春町が描いている。黄表紙作品では、数作ではあるが春町に挿絵を依頼。当時大流行した狂歌も、春町と共に嗜んだ。喜三二の狂名は手柄岡持《てがらのおかもち》だった。

喜三二は秋田藩の武士で、1781（天明元）年に120石取りとなり、幕府や諸藩との調整や情報交換を行う江戸留守居役をつとめた。春町も江戸留守居役だった時期があり、最終的に120石取りまで出世している。同様の身分で文才に長けた仲の良い2人は、余技として戯作を書き、江戸の板元を通じて多数の作品を出版。武家作家、狂歌師として活躍したのである。

本作は上巻・中巻・下巻の3冊（各5丁）で成り、1788（天明8）年に刊行された。板元は敏腕プロデューサーとして名高い蔦屋重三郎。絵は喜多川行麿《ゆきまろ》が担当している。行麿は重三郎が育てた浮世絵界の巨匠・喜多川歌麿の門人である。

喜三二は、前年からはじまった松平定信の寛政の改革で掲げられた文武奨励策に着目し、これを穿った物語とした。若い源頼朝が畠山重忠に命じて武士を文武二道に分けようとする話だが、頼朝を第11代将軍家斉に、重忠を定信に見立てていることがすぐにわかる。刊行されると大評判となり飛ぶように売れた。しかしこれを知った主君から、喜三二は大目玉を頂戴する。幕府の処罰はなかったものの、以後はすっぱり黄表紙の筆を絶った。

左の畠山重忠の衣服には、星梅鉢と呼ばれる松平定信の家紋が入っている。刊行時、11代将軍家斉は14歳。右の若い源頼朝は明らかに家斉を示している。頼朝は文武奨励のために、鎌倉の武士を文と武の者に振り分けるよう重忠に命じる。題にある「万石通」はふるいにかける精米具で、振り分けの意味をかけている。

重忠は文と武の者に振り分け、武の者が多かったことを頼朝に告げる。しかし、どちらにも入らない「ぬらくら武士」が多くいたので、箱根の七湯に行かせて好きなことをやらせてみる。この2見開きはその様子を描いている。重忠は各自の好みを調査し、無理に文と武の者に分ける。頼朝は最後に「それぞれの文武の道を学ぶべし」と言う。定信の文武奨励策は、平和な時代にのほほんと生きていた当時の武士たちをあわてさせたに違いない。この黄表紙の内容は幕府批判とまでは見なされなかったが、穿《うが》ちがあり、ぎりぎりセーフといったところか。

塔の沢のてい

宮の下のてい
木賀の躰

『文武二道万石通』の続編といえる問題作。作者の春町は筆禍を引き起こす

『鸚《おう》武《む》返《がえし》文《ぶん》武《ぶ》二《の》道《ふたみち》』

黄表紙

恋川春町が作者である。親友である朋誠堂喜三二が著した『文武二道万石通』が大きな話題となり爆発的に売れたことから、春町も続編といえる本作に取りかかった。こちらの黄表紙も『文武二道万石通』と同じく3冊（計15丁）から成り、寛政の改革真っただ中の1789（寛政元）年正月に刊行を開始した。

画才もある春町だが、絵の方は板元・蔦屋重三郎の発案もあったのか、人気と実力を兼ね備えた北尾政美《まさよし》（鍬形蕙斎《くわがたけいさい》）に頼んでいる。春町の風刺精神を全開させた本作も、刊行直後から反響を呼び大いに売れた。当を得た政美の筆さばきも見事だが、素早く時流を読み、畳み掛けるように出版攻勢をかけた重三郎の手腕にも舌を巻く。

題にある「鸚鵡返」は、『文武二道万石通』の呼応と推測できるが、松平定信が1786（天明6）年に著した『鸚鵡言《おうむのことば》』にもかけている。黄表紙らしい荒唐無稽な話だが、定信の文武奨励策を嘲笑する展開で辛口の笑いを誘う。

時代は延喜の御代《みよ》。第11第将軍家斉に見立てた醍醐天皇が登場する。天皇を補佐をする菅秀才《かんしゅうさい》（浄瑠璃『菅原伝授手習鑑』に登場する菅原道真の嫡男）は、衣服の家紋から松平定信を見立てていることがわかる。

秀才は「泰平の世が続くと、人は文に流れて武に疎くなる」と嘆き、武の奨励策に着手する。そこで剣術指南役として源義経が、弓の指南役として鎮西八郎為朝が、馬術の指南役として小栗判官兼氏が召し出される。3人が参内すると、義経は「私どもは後の世の人です」と言う。秀才は「知っている。草双紙だからいいのだ」と平然と言い放つ。めでたく大物はそろったものの、訓練する者たちは曲解し、破天荒な振る舞いをあちこちではじめて迷惑千万な騒動を巻き起こす。

本作は寛政の改革を露骨に茶化したと見なされ

ても無理はない。春町は刊行年の4月、定信に召喚された。しかし病気を理由に応じず、7月に46歳で病没した。その後、自殺説が流れて今日まで伝わる。難を逃れた喜三二は79歳まで生きた。

2

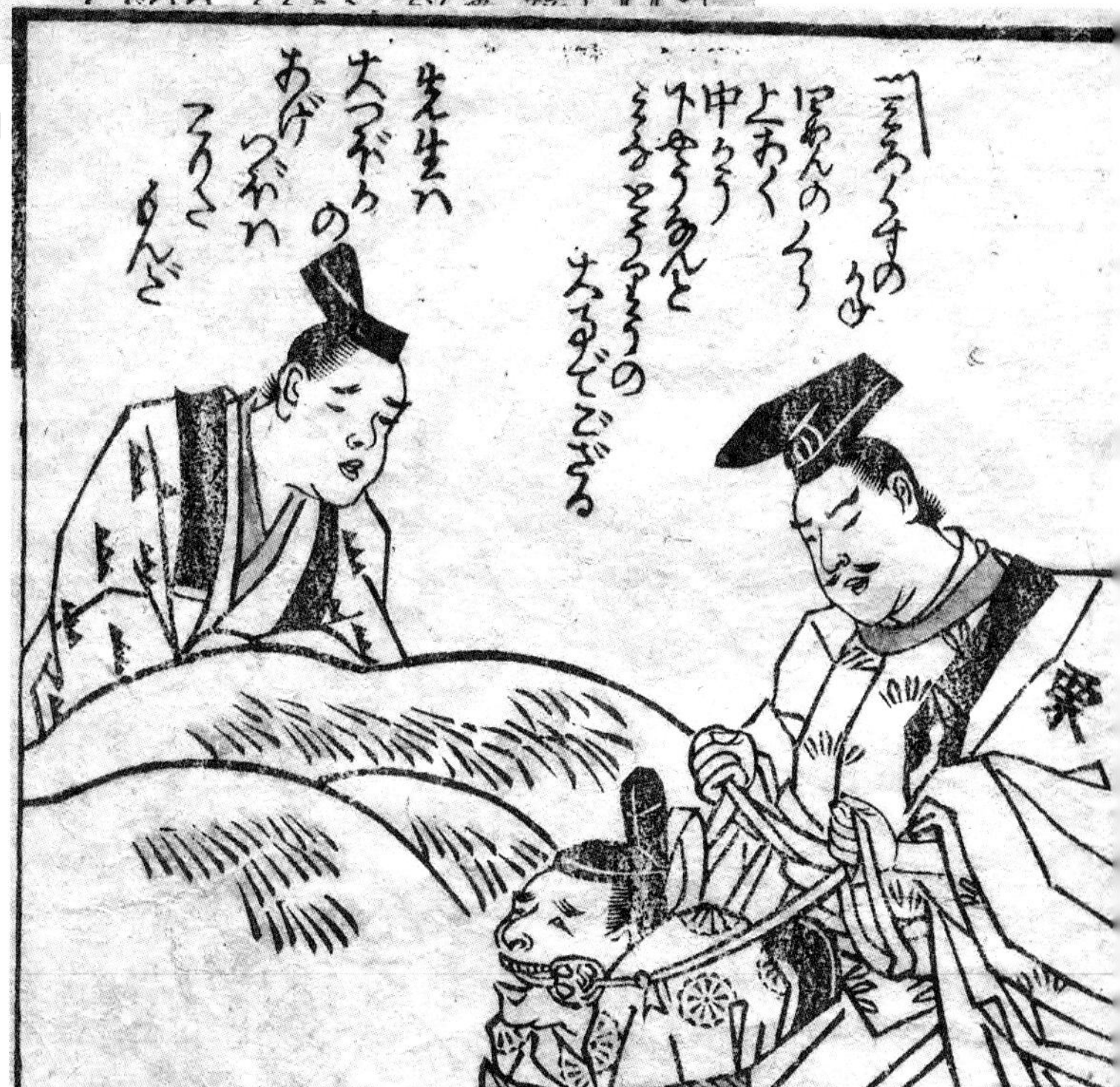

1

悪馬を乗りこなす名人だった小栗判官兼氏は、馬術を木馬で学んでも乗り心地はつかめぬものだとして、人を木馬代わりにすることを勧める（1）。珍妙な訓練だが、これはまだましな方。曲解した者たちは、男娼や遊女を馬にして稽古に励む。金が尽きると町を歩く男女を見境なく押し倒して乗る始末。2は、源義経に剣術を学ぶ者たちの愚行ぶりを描いている。「先生が牛若丸の頃、五条の橋で千人斬りをされたように、大勢の人を切らねば上達せぬ」と、毎晩往来の人に木刀や竹刀で打ちかかる。ブラックすぎて笑うに笑えない。

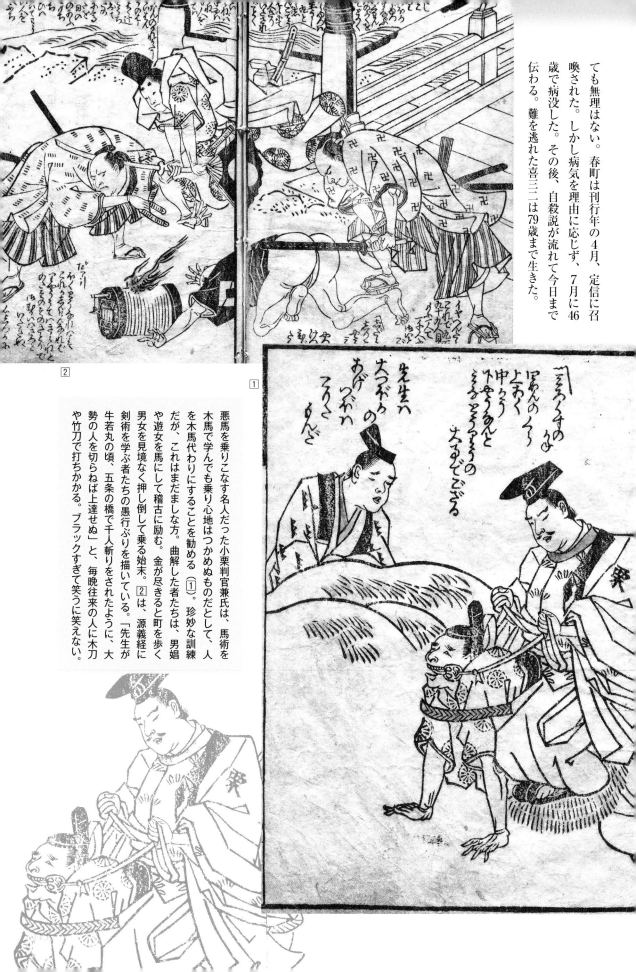

『心学早染草《しんがくはやそめぐさ》』

黄表紙

黄表紙の真骨頂は、当初、ナンセンスな滑稽話としながらも、切れ味鋭い風刺性を内在させたところにあった。欲や金にまつわる人間の真実、統治者への揶揄などを幾層も塗りこめたブラックな笑いには、諧謔《かいぎゃく》の深読みを楽しむ知的遊戯性が認められる反面、幕府当局を刺激するに充分な劇薬的危うさも併せもった。

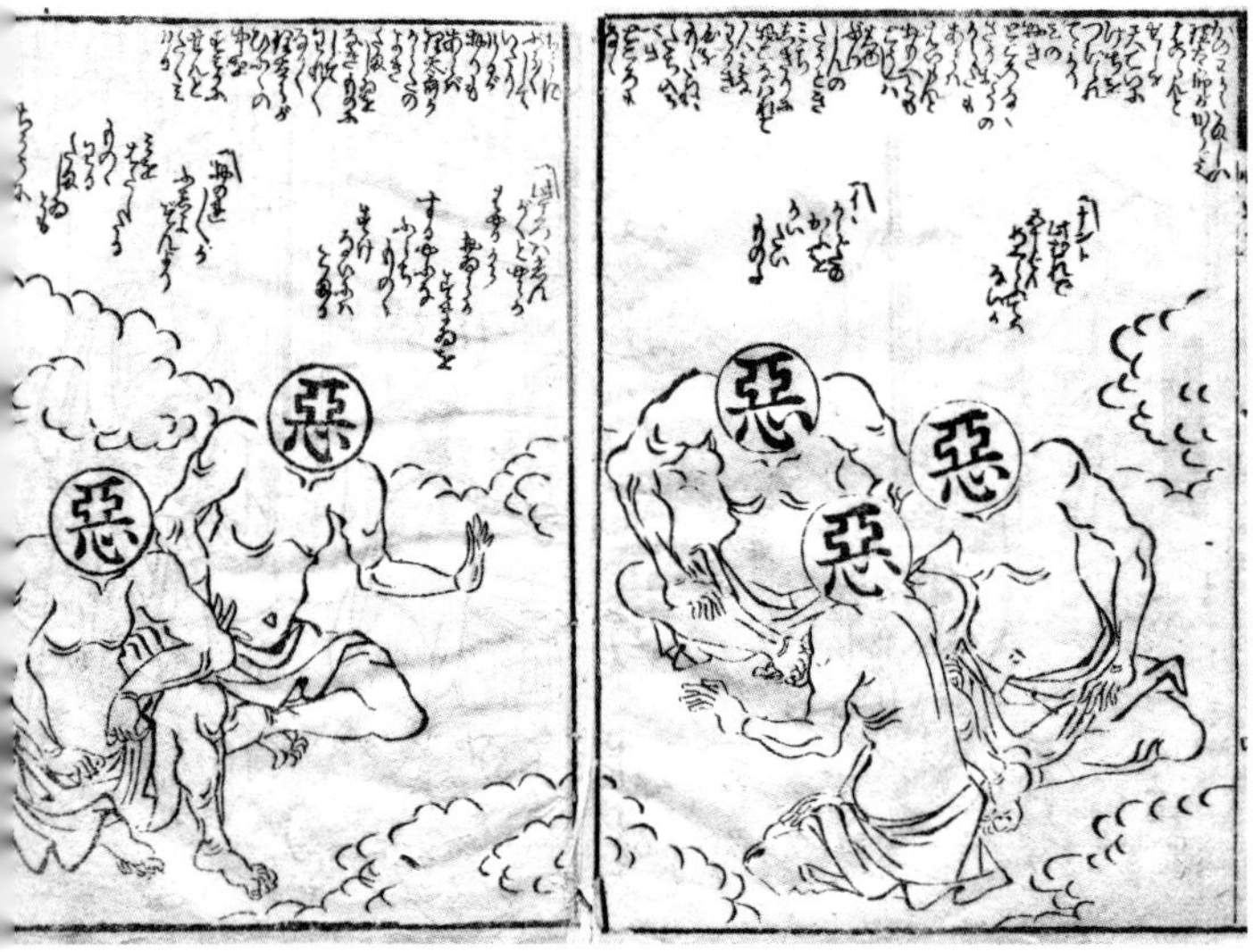

一躍人気武家作家となった恋川春町と朋誠堂喜三二は、江戸時代以前の時代設定、人物設定にするなど、検閲の目を巧みにかわしてはいたが、突如吹き荒れた寛政の改革の弾圧を受けると、転げ落ちるように黄表紙界から去っていった。その他の武家作家も打撃を受け、穿《うが》ちや茶化しを売り物にしてきた黄表紙には、うかつに手が出せなくなった。庶民も重層構造を成す物語の深読みに疲れてきた時期で、武家作家の限界点が露呈した。

そうしたなか町人作家の山東京伝は、持ち前の機転を効かせて黄表紙の方向転換を図った。柱としていた風刺性を潔く捨て去り、教訓色をあからさまに打ち出したのである。ただし、お堅い内容にしては誰も読まない。京伝は当時流行していた心学に目をつけ、単純指向のエンタメ黄表紙に仕上げて当てた。京伝は、人にすみつく善魂（善玉）と悪魂（悪玉）を愉快なキャラクターにして、主人公の裕福な商人・理太郎の体に出入りさせては心と行動をかき乱してみせた。善と悪の全面対決は、娯楽本を求める一般の読者を喜ばせた。

絵は春町の『鸚武返文武二道』でも腕を振るった北尾政美（鍬形蕙斎）が担当。裸体で登場する善魂、悪魂の強烈キャラを含む下絵は、絵師でもあった京伝が描いたと思われる。主人公を好き放題に操る悪魂の方が楽しそう。善魂は影が薄い。

本作は、『鸚武返文武二道』が刊行された翌年の１７９０（寛政2）年に出版。体裁は、同じ3巻3冊で、板元は大和田安兵衛だった。最後は教訓書のお約束通り善魂が勝利するのであるが、悪魂の方が終始生き生きと暴れ回り人気が出た。好評を得て京伝は続編を2編書き、曲亭馬琴も新キャラを登場させて『四遍摺心学草紙』を著した。歌舞伎では「悪玉踊り」が誕生。踊り方を伝授する版本『踊獨稽古《おどりひとりげいこ》』も刊行され、葛飾北斎が悪玉の動きをアニメのように描いた。

さて、知恵をフル回転させて黄表紙の新機軸を打ち出した京伝ではあったが、改革の嵐は別のジャンルに襲いかかった。本作刊行の翌年に、蔦屋重三郎の企画にのって著した洒落本の三部作が重い処罰の対象となり、京伝は手錠50日の刑を受けてしまうのである（64頁参照）。

勅願所 竹生嶋
辨財天
西國三十三番札所
観世音
千部
悪
理

理
悪

かくてとこおさまり　ほとなく女ろきたりければ…

心学早染草

れたまま何もできない。「災」に縛られて孤独に悶々と佇む善魂の悲痛な姿が黄表紙らしいイメージ画で表現されている。これまで品行方正だった理太郎の中に悪魂が増殖していくと、悪事まではたらくようになる。最後は、道理先生に助けられて教訓書が成立するのだが、読者は欲を最優先とする悪魂の方にシンパシーを感じたようだ。以後、悪魂（悪玉）は大人気キャラとなった。

理太郎がうたた寝すると、悪魂は善魂を縛り、体内に入りこんでしまう。目が覚めた理太郎は「ちと吉原のいきな所をみな」と悪魂にいざなわれ、三浦屋という妓楼に入り、怪野《あやしの》という遊女と床におさまる。悪魂は怪野の手を取り理太郎の帯をとき、別の悪魂は理太郎の手を取り怪野の襟の下に差し入れる。理太郎は、まんまと悪の道に引きずりこまれてしまう。一方、善魂の方は縛ら

山東京伝（作）と喜多川歌麿（画）が挑んだ「命と長寿」の小咄集

『御誂染長寿小紋《おあつらえぞめちょうじゅこもん》』

黄表紙

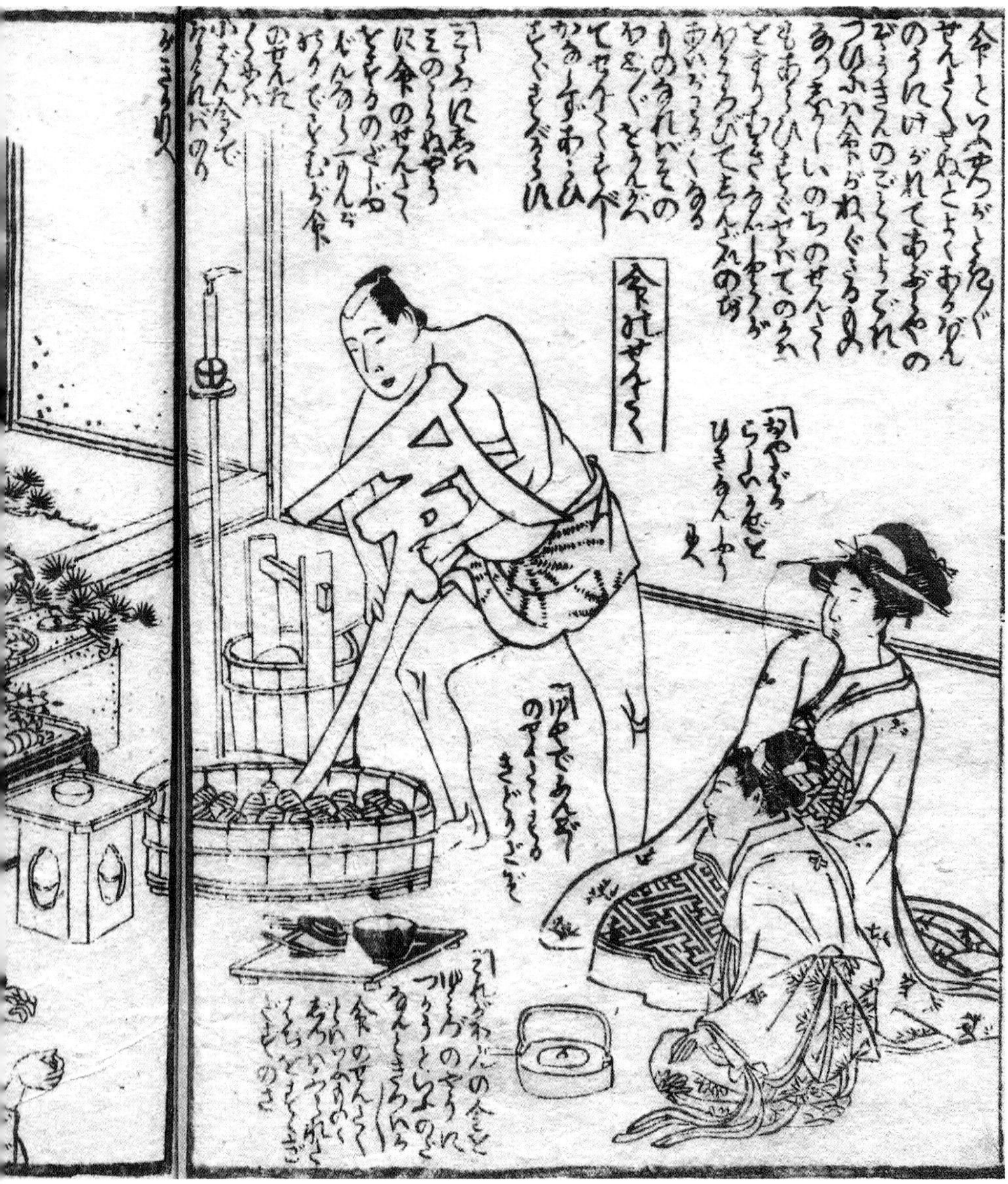

本作は「命と長寿」をテーマとした小咄集のような黄表紙で、1802（享和2）年に刊行された。合巻のはじまりは1806（文化3）年頃とされるので、黄表紙としては末期の作品となる。

重いテーマだが滑稽味をまぶして軽妙洒脱に語る本作には、貝原益軒が1712（正徳2）年に著した『養生訓』的教訓色はあっても、初期の黄表紙に色濃くみられた風刺の毒気はない。3巻3冊（計15丁）。板元は蔦屋重三郎である。

作者は山東京伝。悪魂キャラが人気を呼んだ『心学早染草』の刊行からは12年後の著作となる。江戸っ子である京伝は、手痛い筆禍事件を引き起こしたものの、用心を重ねながら柔軟に知恵を働かせ、常に時代をリードする流行作家として新作を生み続けた。

京伝は類い希な文才のみならず、流行を先読みできる企画力と画才にも恵まれ、あらゆる分野に挑戦した。京伝が生涯に手がけたジャンルは、黄表紙、滑稽本、洒落本、合巻、読本、考証随筆と実に幅広い。なかでも黄表紙と洒落本は今日まで評価が高く、天分の本領を発揮できた得意分野といえるだろう。本作も「命」の文字を道具や遊具に転化させるなど、京伝作ならではの小ネタ、小ワザが冴えわたる。

京伝の黄表紙は数あれど、黄表紙紹介のラストに本作を選んだ主な理由は次の二つである。

ひとつ目は、浮世絵の巨匠・喜多川歌麿が絵を

命のせんたく

「命のせんたく」と題されたひとこま。裸の男が「命の棒」を持って、湯屋でふんどしを洗うがごとく小判の入ったたらいで命の洗濯をしている。文中には「命といふやつが、時々洗濯せぬと、欲垢煩《よくあかぼん》悩《のう》に汚《けが》れて、油屋の雑巾の如く汚《よご》れ、遂《つひ》には命が根腐るものなり」とあるが、女性たちを集めて興じているお座敷芸のようで、ほどほどにして洗いすぎるな、とも書かれている。右の女性は「おや馬鹿らしい、風邪をひきなんしやうにへ」と笑い、男は「これがほんの、金を湯水のやうに使うといふのだ。（中略）実は振られた恥を濯出《すすぎだ》すのさ」と本音をぼろり。

最終頁。右の子供は命の凧を揚げている。「命の薬といふは、笑って暮らすほどの薬はなし。（中略）笑ひ玉ふ子供衆《しゅ》は命が延びて長くなり（中略）凧のやうに命の尻尾を糸巻に巻いておくほどの事なり」とある。京伝は、このめでたき草紙は正月のお年玉にどうぞ、と書いて締めくくる。

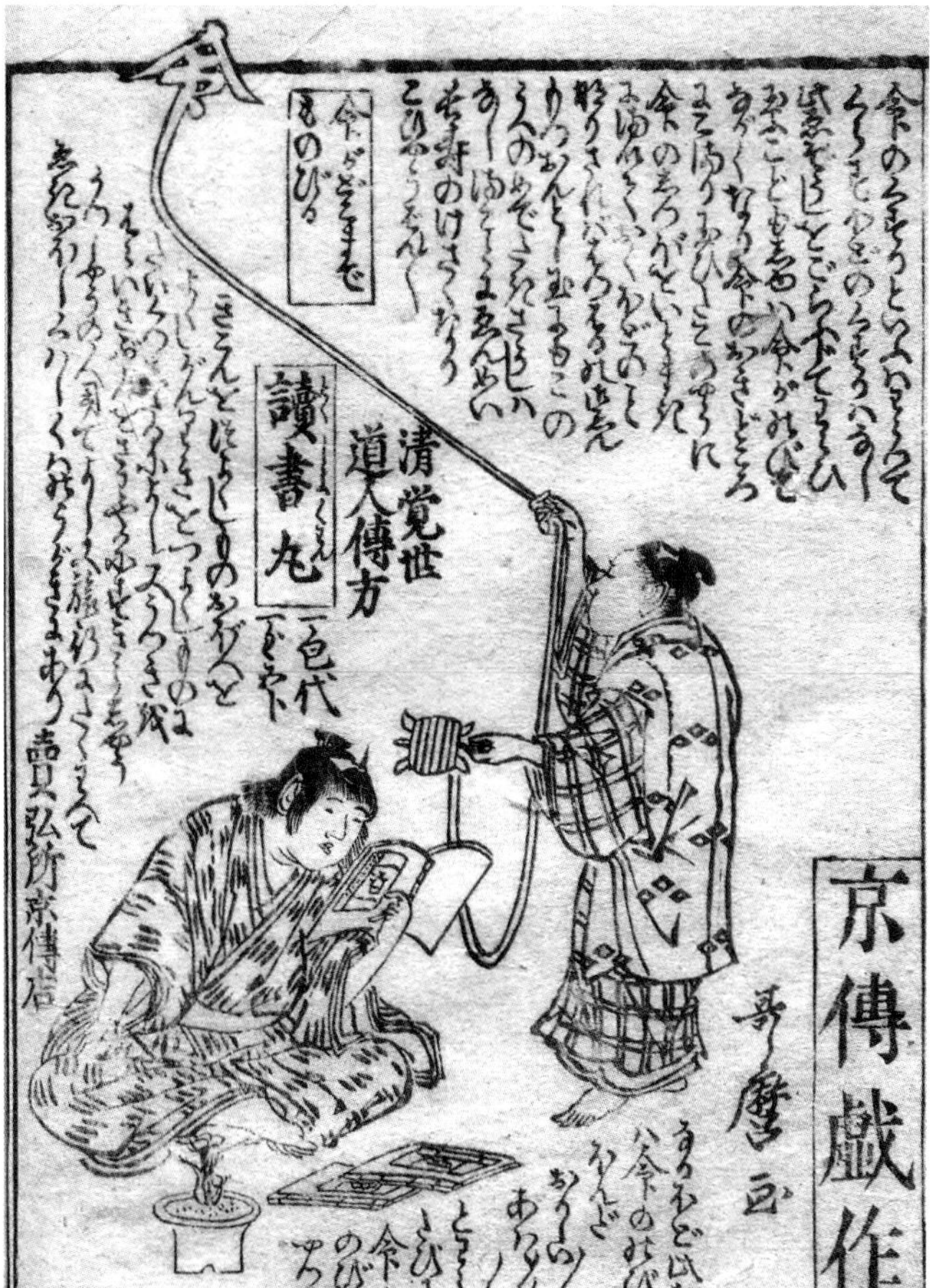

担当していること。歌麿は生年不明なのだが、この絵は50歳前頃の作とみられる。歌麿は本作刊行の4年後に没している。晩年の版本絵として鑑賞すると、より味わい深いのではないだろうか。

二つ目は、本作のテーマである。当時の平均寿命は、乳幼児の死亡率が高かったこともあるが40歳程度と推定される。しかし北斎のように90歳まで生きた人もいる。災害や疾病に苦しめられた当時の人々にとり、死は身近であり、養生の教えは大きな関心事だった。ショートコントのような各場面からは、コロナ禍を経験した現代人も共感できる命への切実な思いが立ち上がる。

命にかけて思ふ

御誂染長寿小紋

車の命はくさびなり
扇《あふぎ》の命はかなめ
唐傘の命はろくろなり
風鈴の命は短冊なり
親船に命綱あり
旅人に命金《いのちがね》あり
いづれ命は大切なるものなり
しかるに恋は曲者《くせもの》にて
その大切なる命も恋ゆへには
失ひやすし
思ふ男を命にかけて
清水《きよみづ》の舞台《ぶたい》から飛び降りるも
みな恋といふ曲者のしわざなり
おそるべし

万一願《ぐはん》の叶わぬときは
皮はやぶれ骨はみぢんになる
唐傘には古骨《ふるぼね》買ひもあるが
命の古骨は何にもならぬ

命をすくふ

料簡《りやうけん》が悪いと
わづかのことにはやまって
命を失ふことあり
破鏡《はきやう》ふたたび照らさず
落花《らつくは》ふたたび枝にのぼらず
いちど捨てたる命
ふたたび戻ることなし

わしが此叉《このさ》手《で》で
命をすくってしんぜやう
さで〳〵危《あぶ》なひことじやと
急なときは
地口《ぢぐち》までがこじつけなり

質の流れるは
利上げもできるが
命の流れるしかたがない
水《みつ》っ鼻《ばな》の流れるは
すするがよし
命の流れるはすくふがいゝ

『春色梅児誉美《しゅんしょくうめごよみ》』（春色梅暦）

人情本

江戸時代後期の文化期から幕末に入るまでの和暦は、文化〜文政〜天保〜弘化〜嘉永と続く。幕末のはじめとされるペリー来航は、1853（嘉永6）年である。

人情本は文政期に刊行がはじまった戯作で、天保期に全盛期を迎えた。明治初期まで命脈を保ち、次代の作家となる森鷗外や永井荷風らにも青年期に読まれた。人情本は、明治時代の文学にも影響をあたえた戯作である。

人情本は、複雑な恋愛模様などを写実的にえがいた通俗的な風俗小説といえる。多くは商家などで暮らす色男を軸に、複数の女性が絡む。恋情、内的葛藤、恋の駆け引きなどの機微を読みどころとしたので、若い女性読者を多く獲得して、同様の作品が量産された。

ジャンルとしては、文と挿絵の頁が分かれる洒落本、滑稽本、読本の流れを汲む。近いのは洒落本か。洒落本は遊里での男女の会話を中心に展開するが、人情本は地の文と会話文で話が進む。舞台は遊里に限らず、日常のあらゆる場所に広げられることから長編化が可能となり、当たれば続編が書かれた。

人情本の嚆矢とされる作品は、十返舎一九の『清談峯初花《せいだんみねのはつはな》』である。1819（文政2）年に前編2冊が、その2年後に後編3冊が刊行され、女性読者をつかんだ。

講釈師で式亭三馬の弟子だった為永春水は、長編恋愛譚の需要を察知して『春色梅児誉美』の初編と2編を1832（天保3）年に、3・4編をその翌年に刊行した。計4編・12冊の本作は当時の文壇に新風を吹き込み大ヒットとなった。春水は人情本という呼び名を世間に広めて自身がその第一人者であることを宣言したかったようで、自作の序文に「東都人情本の元祖」と記した。本作はシリーズ化され、全5部作20編60冊で完結した。

春水はひとりで書き上げることに拘泥せず、制作プロダクション形式の「為永連」を門人たちとつくり、合作スタイルで人情本を量産していった。

しかし春水は、天保の改革で風俗を乱したとされ、1842（天保13）年に手鎖50日の刑を受ける。傷心のまま、春水は翌年54歳で病没した。

鎌倉《かまくら》多津美《たつみ》の藝妓《げいしゃ》 誉祢八《よねはち》
婦多川《ふたがは》千葉《ちば》の倭町《やまとちょう》に住《すむ》 通客《つうかく》 藤兵衛《とうべゑ》 1

2

挿絵は、浮世絵師の柳川重信と柳川重山（二代柳川重信）が描いた。1は、巻之一のカラー口絵。錦絵のように美しい。2は、巻之三の本文より。挿絵には滑稽味や伝奇性はなく、男女間のリアルな日常が描写されている。重信は葛飾北斎の門人。北斎の長女と結婚したが、のちに離婚した。『南総里見八犬伝』の挿絵も描いている。本作の初編と2編が刊行された1832（天保3）年に46歳で没した。重山は、重信の門人。重信の没後に二代目となった。

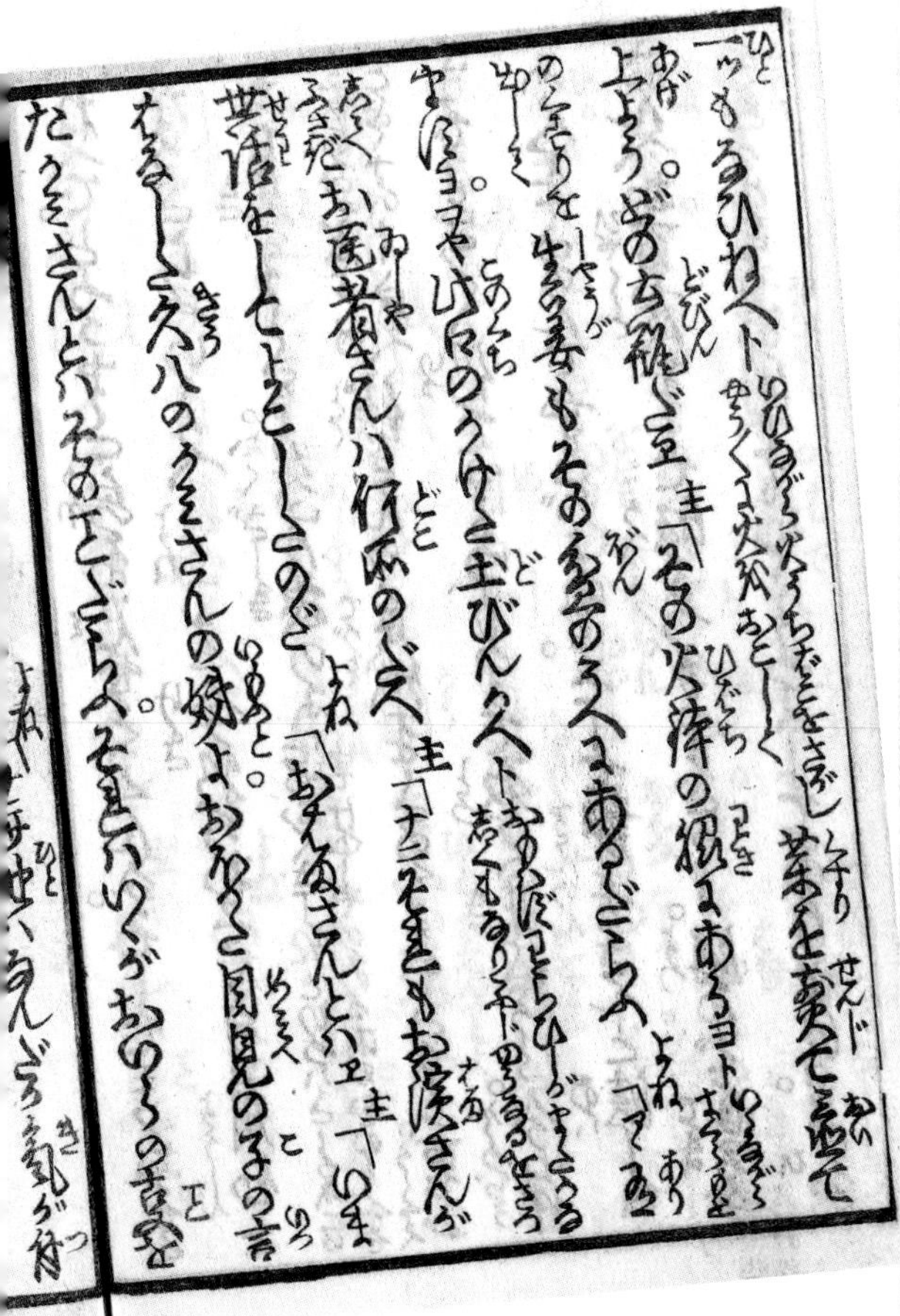

本文の頁。漢字にふりがなが振られていて読みやすい。

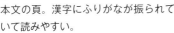

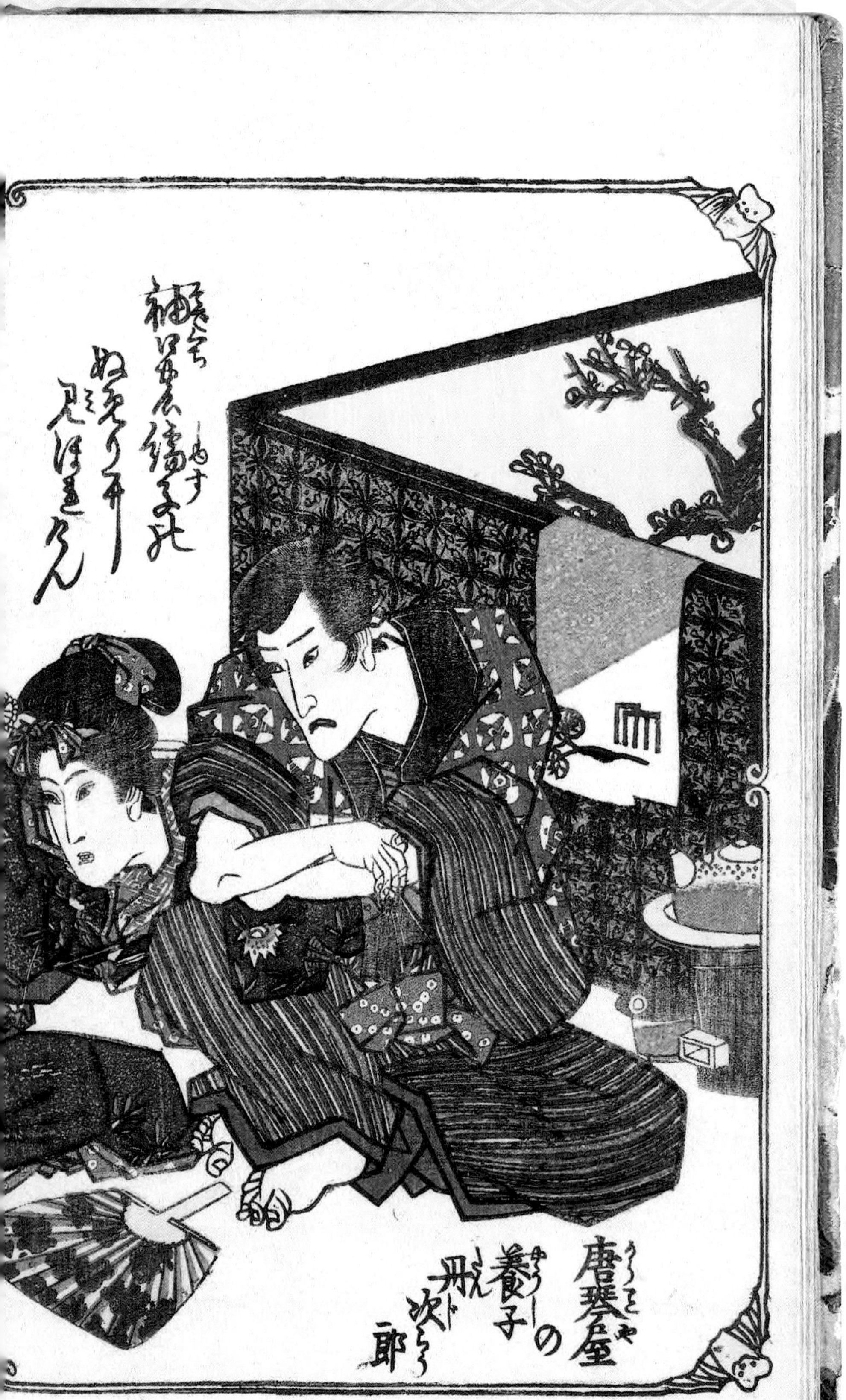

唐琴屋《からことや》の養子《やうし》丹次郎《たんじらう》　唐琴屋《からことや》の處女《むすめ》阿長《おてう》

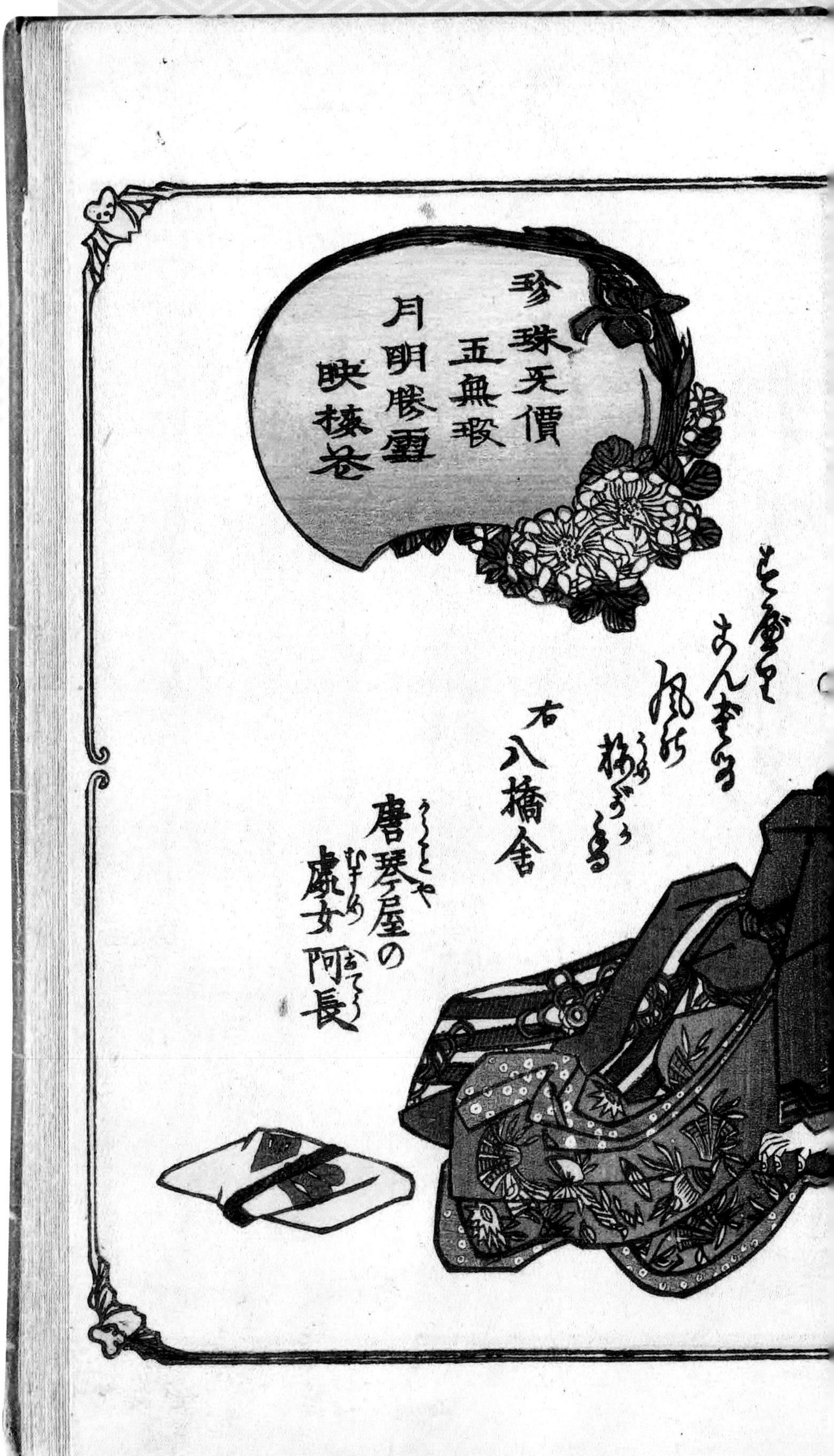

前頁の巻之一の口絵に続く、2見開き目のカラー口絵。ここに主人公の色男・丹次郎が描かれている。本作は世間の話題に上るヒット作となったことから、「丹次郎」は色男の代名詞となった。同時代の大長編合巻『偐紫田舎源氏』の光氏《みつうじ》もアイドル的人気を誇ったが、丹次郎はより身近な二枚目として若い女性らのファンを得た。寄り添う阿長（お長）は丹次郎の許嫁で女義太夫になる。この2人に芸者の米八（122頁の譽祢八）が丹次郎の恋人としてからむ。このほかにも、米八の芸者仲間、悪人、遊女、通客（123頁の藤兵衛）、髪結いなどが登場。人間関係がもつれ合う複雑なストーリーが展開する。

あとがき

江戸時代に刊行されたエンタメ小説には、「もれなく」といえるほど挿絵がついていた。以前から、木版摺、墨1色の版本絵に魅せられ、江戸時代のビジュアル情報源としても注目していた私は、ある日「挿絵から小説を紹介できないものか」と閃いた。そんな思いつきが本書企画の発端である。

読み応えと観応えの両方が認められるエンタメ小説を選び出すため、山ほどある作品を読み漁っていくと、読本、黄表紙、合巻、人情本の4ジャンルが浮かび上がり、徐々に視界が開けてきた。本書はこれを軸に据え、江戸時代の小説変遷史も語る構成にした。

最も頁を取って解説した作品は、読本の『椿説弓張月』と『南総里見八犬伝』、合巻の『修紫田舎源氏』の3作である。壮大な長編作ばかりなので読み通すのは至難の業だが、気に入った挿絵を見つけて前後を読むだけでも面白いと思う。ぜひ本書をきっかけにして、ネットなどで版本を読んでみていただきたい。3作とも画文充実。名作の名に恥じない堂々たる出来栄えである。

『椿説弓張月』は、九州、京都、伊豆七島、琉球を舞台に、源為朝が活躍する貴種流離譚である。堅物の曲亭馬琴作だの、勧善懲悪、因果応報が渦巻く話だの、流布されてきたお決まりの情報に惑わされず、まずは「えい、やっ」と長編の海にダイブすべし。馬琴の用意周到な創作の仕掛けにはまり、葛飾北斎のぶっ飛んだ挿絵が堪能できれば、現実の憂さも晴れようというものだ。

天保の改革で絶版処分を受けた『修紫田舎源氏』は、残念ながら完結に至らなかった。しかし波瀾万丈の物語を14年も紡いで、作者（柳亭種彦）が得た雑多な知識をここまで盛り込めば、当時の読者は満足したことだろう。

巨匠・歌川国貞が描いた美男光氏《みつうじ》の人気も凄まじかったようで、小物などのグッズ商品まで販売されたとか。次の刊行を心待ちにしたファン心理は、今の人気コミックファンの熱狂ぶりとなんら変わらない。『修紫田舎源氏』は152冊で未完となり、『椿説弓張月』は29冊で完結。『南総里見八犬伝』は28年も刊行が続き106冊で完結した。ヒットは総冊数からも察せられる。新刊発売時には過去の巻も増摺《ましずり》して、シリーズ全体の発行部数を増やしていったという。

当時は貸本屋も多く営業していた。庶民の多くは貸本屋に見料（損料）を払い、小説を借りて楽しんだ。貸本屋は仕入れた本を背負って、お得意様を回り、各家庭や大店の人々、遊郭の遊女まで幅広い層の客を得た。エンタメ小説は、当たると多くの人が恩恵を受ける商売だったのである。

ヒット作の背景には、板元（版元とも表記される）のプロデュース力と商魂も見えてくる。板元はビジネスとして小説本を企画、制作し、絵草紙屋などと呼ばれる書店も出して一枚絵の浮世絵と一緒に販売していた。しかし、新刊の小説本を出すとなると元手がかかる。材料費などのほか、絵師、彫師、摺師、筆耕たちへの支払いが生じるのだ。彼らは専業が可能だったが、作者は長らく専業ではなかった。武家の余技として書かれた本も多い。江戸時代後期に曲亭馬琴や山東京伝らが活躍して流行作家の時代が到来すると、ようやく潤筆料（原稿料）の支払いが慣例化していく（印税契約は当時なかった）。ともあれ板元は新刊を出すごとに初期コストがかかるので、売れそうにない小説本は出せなかったのである。

永続性のある経営を図りたい板元は、時代の空気を読み、人気作家や人気絵師のスケジュールを押さえ、採算が取れそうな企画を立てては商品価値のある小説本を制作していった。この商業意識は、今の出版社と全く変わらない。

ちなみに当時は木版印刷なので、印刷の原版は彫師によって彫られた板木《はんぎ》だった。板木は売買可能で、買い取った板木は自由に摺り、本にして販売することができた。板木を持つ者が版権を取得したようなものである。ただし板木は摺る限界があり、摩滅すると役目を終えた（権利は残る）。

本書は、版本絵シリーズの第2弾となる。今回も大変お世話になった河出書房新社の藤﨑寛之氏に、この場を借りてあつく御礼を申し上げたい。

【主要参考文献】

『日本古典文学大系　椿説弓張月』 上・下　後藤丹治 校注　岩波書店　1958・1962
『日本古典文学大系　上田秋成集』 中村幸彦 校注　岩波書店　1959
『日本古典文学全集　黄表紙　川柳　狂歌』 浜田義一郎　鈴木勝忠　水野 稔 校注　小学館　1971
『日本古典文学全集　仮名草子集　浮世草子集』 神保五彌　青山忠一　岸 得蔵ほか 校注・訳　小学館　1971
『日本古典文学全集　洒落本　滑稽本　人情本』 中野三敏　神保五彌　前田 愛 校注　小学館　1971
『黄表紙解題』 森 銑三　中央公論社　1972
『黄表紙・洒落本の世界』 水野 稔　岩波書店　1976
『江戸 その芸能と文学』 諏訪春雄　毎日新聞社　1976
『江戸の本屋さん 近世文化史の側面』 今田洋三　日本放送出版協会　1977
『要説 日本文学史』 伊藤正雄　足立巻一　社会思想社　1977
『絵本と浮世絵 江戸出版文化の考察』 鈴木重三　美術出版社　1979
『図説日本の古典 19　曲亭馬琴』 水野 稔　集英社　1980
『江戸の戯作絵本（一）』 小池正胤　宇田敏彦　中山右尚　棚橋正博 編　社会思想社　1980
『江戸の戯作絵本（二）』 小池正胤　宇田敏彦　中山右尚　棚橋正博 編　社会思想社　1981
『江戸の戯作絵本（三）』 小池正胤　宇田敏彦　中山右尚　棚橋正博 編　社会思想社　1982
『江戸の戯作絵本（四）』 小池正胤　宇田敏彦　中山右尚　棚橋正博 編　社会思想社　1983
『江戸の戯作絵本 続刊（一）』 小池正胤　宇田敏彦　中山右尚　棚橋正博 編　社会思想社　1984
『江戸の戯作絵本 続刊（二）』 小池正胤　宇田敏彦　中山右尚　棚橋正博 編　社会思想社　1985
『読本の世界 江戸と上方』 横山邦治 編　世界思想社　1985
『鬼児島名誉仇討』 式亭三馬 作　歌川豊国 画　林美一 校訂　河出書房新社　1985
『風俗 江戸物語』 岡本綺堂　河出書房新社　1986
『安西篤子の南総里見八犬伝』 安西篤子　集英社　1986
『滝沢馬琴』 麻生磯次　吉川弘文館　1987
『柳亭種彦』 伊狩 章　吉川弘文館　1989
『南総里見八犬伝』全 10 冊　曲亭馬琴　小池藤五郎 校訂　岩波書店　1990
『八犬伝綺想』 小谷野 敦　福武書店　1990
『江戸戯作』 神保五彌　杉浦日向子　新潮社　1991
『新潮古典アルバム 23　滝沢馬琴』 徳田 武　森田誠吾　新潮社　1991
『江戸の本屋』上・下　鈴木敏夫　中央公論社　1993
『日本文学の歴史 9　近世篇 3』 ドナルド・キーン　徳岡孝夫 訳　中央公論社　1995
『新日本古典文学大系　偐紫田舎源氏』上・下　鈴木重三 校注　岩波書店　1995
『里見八犬伝』 川村二郎　岩波書店　1997
『新日本古典文学大系　草双紙集』 木村八重子　宇田敏彦　小池正胤 校注　岩波書店　1997
『江戸の道楽』 棚橋正博　講談社　1999
『江戸の遊び方 若旦那に学ぶ現代人の知恵』 中江克己　光文社　2000
『随筆滝沢馬琴』 真山青果　岩波書店　2000
『江戸戯作草紙』 棚橋正博 校注・編　小学館　2000
『馬琴一家の江戸暮らし』 高牧 實　中央公論新社　2003
『蔦屋重三郎』 松木 寛　講談社　2002
『日本史リブレット 48　近世の三大改革』 藤田 覚　山川出版社　2002
『江戸娯楽誌』 興津 要　講談社　2005
『江戸時代を探検する』 山本博文　新潮社　2005
『千年生きる書物の世界 和本入門』 橋口侯之介　平凡社　2005
『改訂 雨月物語 現代語訳付き』 上田秋成　鵜月 洋 訳注　KADOKAWA　2006
『続和本入門 江戸の本屋と本づくり』 橋口侯之介　平凡社　2007
『南総里見八犬伝』 曲亭馬琴　石川 博 編　KADOKAWA　2007
『奇想の江戸挿絵』 辻 惟雄　集英社　2008
『草双紙の世界』 木村八重子　ぺりかん社　2009
『絵草紙屋 江戸の浮世絵ショップ』 鈴木俊幸　平凡社　2010
『江戸の本づくし 黄表紙で読む江戸の出版事情』 鈴木俊幸　平凡社　2011
『北斎』 大久保純一　岩波書店　2012
『おこまの大冒険 朧月猫の草紙』 山東京山 作　歌川国芳 絵　金子信久 訳　パイ インターナショナル　2013
『人情本の世界 江戸の「あだ」が紡ぐ恋愛物語』 武藤元昭　笠間書院　2014
『私家本 椿説弓張月』 平岩弓枝　新潮社　2017
『ユリイカ』 特集江戸の文学　青土社　1978（4 月号）
『國文學』〈江戸〉を読む　學燈社　1990（8 月号）
『江戸文学』35　特集草双紙　ぺりかん社　2006
『NHK カルチャーラジオ　文学の世界　江戸庶民のカルチャー事情』 綿抜豊昭　NHK 出版　2012
『NHK カルチャーラジオ　文学の世界　江戸に花開いた「戯作」文学』 棚橋正博　NHK 出版　2013

著者　深光富士男（ふかみつ ふじお）

1956年、山口県生まれ島根県出雲市育ち。日本文化歴史研究家。光文社雑誌記者などを経て、1984年に編集制作会社プランナッツを設立。現在は歴史や文化に主軸をおいたノンフィクション系図書の著者として、取材・執筆を行っている。著書に『図説 江戸の旅 名所図会の世界』『京都・大坂で花開いた元禄文化』『江戸で花開いた化政文化』『面白いほどよくわかる浮世絵入門』『旅からわかる江戸時代（全3巻）』『明治まるごと歴史図鑑（全3巻）』『はじめての浮世絵（全3巻）』〔第19回学校図書館出版賞受賞〕（以上、河出書房新社）、『明治維新がわかる事典』『日本のしきたり絵事典』『あかりの大研究』（以上、PHP研究所）、『金田一先生の日本語教室（全7巻）』『日本の年中行事（全6巻）』（以上、学研プラス）、『自然の材料と昔の道具（全4巻）』（さ・え・ら書房）、『このプロジェクトを追え！（シリーズ全9巻）』（佼成出版社）など多数。本文執筆に『すっきりわかる！ 江戸〜明治 昔のことば大事典』（くもん出版）がある。

画像協力（順不同・敬称略）

国文学研究資料館
国立国会図書館
山口県立萩美術館・浦上記念館
東京都立中央図書館特別文庫室

装丁・本文レイアウト
田中晴美
編集制作
有限会社プランナッツ

図説　江戸のエンタメ　小説本の世界

2022年1月20日　初版印刷
2022年1月30日　初版発行

著　者　深光富士男
発行者　小野寺優
発行所　株式会社河出書房新社
〒151-0051　東京都渋谷区千駄ヶ谷2-32-2
電話　03-3404-1201（営業）
03-3404-8611（編集）
https://www.kawade.co.jp/
印刷・製本　凸版印刷株式会社

Printed in Japan
ISBN978-4-309-22841-9